YANN FOUN

Aux Suds d'Hiva Oa

Nouvelles marquisiennes

A Sylvain…

© 2013, Yann Foun
Edition : BoD - Books on Demand
12/14 rond-point des Champs Elysées
75008 Paris
Imprimé par BoD – Books on Demand, Norderstedt, Allemagne
ISBN : 9782322033928
Dépôt légal : Septembre 2013

Mave mai io te Fenua Enata (Bienvenue aux Marquises)

Le scolopendre

Le Tiki

Les Terres rouges

Keetu

Paris-Taaoa

Le voleur

La nuit de la Toussaint

Tahuata

Mave mai io te Fenua Enata

(Bienvenue aux Marquises)

Teiva avait terminé la journée comme toutes les autres en ouvrant une dizaine de noix de coco pour ses poules. Au premier coup de machette, les volailles dispersées dans la brousse s'étaient précipitées autour de lui en poussant des cris rauques dans une frénésie de coups de becs et de claquements d'ailes où le coq avait perdu toute autorité, piquant avec acharnement dans la chair blanche à peine dégagée par la lame du couteau. Le soleil était passé derrière la montagne qui surplombe sa terre et l'ombre rafraîchissait progressivement l'air. C'était l'heure de la douche et du meilleur moment de la journée, celui du repos dans le hamac où regard et pensée s'évadent loin sur l'océan, l'heure de son voyage entre l'est et le sud qui s'offrent à l'infini depuis son faré. Teiva le solitaire se sentait merveilleusement bien. Demain serait un autre jour. Il était loin d'imaginer ce qui allait rendre ce lendemain si différent, celui qui s'inscrirait comme un de ces jours rares de la vie où le destin résonne comme un coup de tonnerre inattendu, inconcevable dans un ciel d'azur.

A ce même instant privilégié, très loin dans l'est, immergée dans ce mauve qui absorbait le regard de Teiva, Sarah profitait des derniers feux du couchant. L'Ouest s'embrasait. Le rayon vert venait de transpercer l'océan, fugace éclat émeraude du soleil sous l'horizon. Un spectacle rare, bon présage à effet immédiat : un petit thon jaune venait de mordre à la ligne de traîne. Depuis plus de vingt-trois jours qu'elle flânait sur le bleu du Pacifique c'était seulement sa troisième prise. Trois poissons en plus de trois semaines, quelle déception ! Le plus grand des océans était-il trop vaste ou trop profond pour le poisson ? Elle avait connu des mers plus généreuses. Ce soir-là avait donc pris un air de fête. L'ouvre-boîte avait cédé sa place au couteau à filets, aiguisé comme un rasoir sous les miaulements impatients de Puccini. Le chat du bord, un jeune délinquant tigré trouvé dans les poubelles de la marina de Balboa, avait daigné s'extraire de son cocon de coussins pour venir flairer la prise et il voulait sa part, vite ! Après avoir englouti un gros morceau de filet et s'être accordé une brève toilette, il n'avait pas fait son habituelle veille au pied du mât à attendre la chute d'un improbable poisson volant. Repu, il était retourné à ses coussins. Dans la cambuse, il restait quelques citrons verts, un oignon et deux tomates à peine flétries et Sarah s'était concocté un *ceviche* digne des meilleurs restaurants panaméens. Elle se sentait bien. Son corps nettoyé de toutes les toxines du continent débordait d'énergie et les multiples pensées contradictoires qui l'avaient obsédée durant la première semaine de navigation s'étaient totalement diluées dans la solitude océane. A présent elle était libre de tout, échappée d'un ancien monde. L'avenir serait ce qu'elle en ferait. La nuit s'installait dans un ciel pur. Sirius avait déjà pris la place du Soleil, juste au-dessus d'un léger amas de nuages posé sur l'horizon, peut-être sur les pics volcaniques des îles Marquises. Si le vent ne mollissait pas, Hiva Oa ne tarderait plus à apparaître devant l'étrave. Demain serait un grand jour ! Elle n'imaginait pas à quel point.

Teiva n'avait pas passé la journée dans son hamac, loin s'en fallait. Il l'avait commencée à l'aube par une série d'aller-retour entre son faré et la cocoteraie à une bonne demi-heure de marche. Une montée difficile par un sentier escarpé, en dévers jusqu'aux premiers cocotiers et une descente chargé d'un long fagot de palmes sèches sur l'épaule. Ca lui avait pris la matinée. Le tas commencé depuis près d'une semaine avait grossi d'une bonne centaine de palmes. Le rythme était bon. La qualité des feuilles aussi. Avec l'absence de pluie elles avaient séché sans la moindre trace de moisissure. La fibre était solide et d'un joli brun clair, promesse d'une belle longévité pour la nouvelle toiture de son faré. Elle tiendrait au moins cinq ans, peut-être six ! Il lui fallait mille deux cent feuilles pour en couvrir totalement les deux pans. Il en était à plus de la moitié. Un bon rythme rendu possible par l'absence de boue qui lui permettait de trottiner sur les replats. La saison sèche semblait bien installée, ce que confirmaient les fréquentes inflexions de l'alizé au Nord-est. Piu n'avait fait que trois voyages, ce qui n'était pas glorieux pour un jeune chien de chasse. Mais à faire toutes ces allées et venues et autant de longues incursions inutiles dans la brousse en aboyant sur les traces de cochons invisibles il avait fini par se vautrer en haletant à l'ombre du manguier, langue pendante, insensible aux railleries de son maître lassé de répéter qu'il n'était nullement question d'aller à la chasse.

Pour Sarah la journée n'avait pas commencé si tôt. L'aurore était pour elle le moment de s'accorder une vraie tranche de sommeil. Lorsque le jour venait remettre l'horizon en place et que son regard pouvait à nouveau embrasser l'océan à la recherche d'un hypothétique obstacle, l'espace vide la rassurait et l'attention se relâchait. La sensation apaisante d'être vue autant qu'elle pouvait voir lui permettait de se laisser aller dans sa couchette à un vrai sommeil profond. C'était sa façon de gérer son repos de navigatrice solitaire. Quelques quart- d'heure durant la nuit quand son livre lui tombait des mains ou que la musique et le café ne suffisaient plus. Et quelques heures le jour, surtout le matin, lorsque tout son corps le réclamait. Comme chaque jour elle s'était réveillée avec l'alizé et le bruissement familier de l'eau sur la coque. Mais si elle s'était laissée aller à penser qu'en mer les jours se ressemblent, tant elle n'avait vu le moindre navire depuis son passage aux îles Galapagos, son premier coup d'œil sur l'océan avait sérieusement remis en cause sa méthode de veille. Deux cargos étaient là, à quelques encablures sur tribord et un autre, plus loin sur bâbord. Un frisson de panique lui avait parcouru le corps, un stress fulgurant, des gestes d'urgence, débrayer le pilote automatique, reprendre la barre en main, évaluer le cap et la vitesse des bateaux, démarrer ou pas le moteur ? Empanner ou lofer ? Il lui fallut plusieurs secondes pour relativiser le danger. Les trois navires étaient à l'arrêt et se balançaient doucement dans la houle. Le plus proche laissait entendre un ronronnement sourd de machines. Il était hérissé de mâts de charge d'où pendaient d'énormes filets de pêche. Elle avait choisi de le dépasser par l'arrière ce qu'aurait fait le pilote automatique si elle l'avait laissé faire. A une centaine de mètres près, la route de son bateau n'était pas celle de la collision. Ca l'avait un peu rassurée. Elle s'était même surprise à penser qu'elle aurait pu continuer à dormir et ne jamais rien savoir du redoutable frôlement. Elle n'avait pas vu âme qui vive sur le pont ni sur la passerelle, pas plus que de pavillon à la poupe…trois navires fantômes à la dérive. Plus tard, elle avait tenté plusieurs appels avec sa radio mais sans la moindre réponse. La seule chose qu'elle avait pu identifier sans le comprendre était un nom sur une coque, en chinois…enfin ça y ressemblait.

Teiva avait consacré cette après-midi au tressage. Il préférait alterner les tâches et il avait récolté la veille suffisamment de feuilles pour rester au faré. Tresser une palme de cocotier est un travail simple mais fastidieux. Après l'avoir trempée dans l'eau pour l'assouplir, il faut fendre la tige centrale dans sa longueur puis accoler les deux moitiés en les inversant pour croiser les nervures. Le tressage peut alors commencer. Avec la pratique, Teiva est devenu très habile pour ce genre de travail. Ses doigts s'activent dans les fibres comme des aiguilles dans un tricot. Il travaille vite et si rien ne vient l'interrompre, il peut tresser plus de cinquante feuilles dans l'après-midi. La dernière réfection de la toiture date de plus de cinq ans. Sa compagne d'alors l'avait beaucoup aidé et la tâche avait été accomplie en moins de deux mois. En solitaire il lui en faudra au moins trois. Et il recommencera dans quelques années, lorsque le vent, la pluie et le soleil auront transformé le végétal en poussière. Plus personne ici ne veut d'une toiture en *niau* mais pour rien au monde il ne remplacerait les palmes par ces tôles qui défigurent de plus en plus l'île. Il déteste le vacarme assourdissant de la pluie qui vient crépiter sur le métal ou la fournaise qu'elles confinent lorsque le soleil vient les chauffer à blanc. Le faré *niau* n'est pas seulement ce cliché exotique qui émerveille tant les rares touristes qui ont la chance d'en voir un, c'est aussi un lieu d'habitation ancestral d'une grande beauté naturelle qui garde toute sa fraîcheur aux heures les plus chaudes. Sur lui la pluie ne fait que bruisser discrètement. Et puis toutes ces palmes sont là à longueur d'année, à terre. Il suffit de les ramasser. Les tôles viennent d'ailleurs, sur de gros cargos qui amènent aussi les camions pour les transporter. Teiva en voit passer de plus en plus sur la piste. A tel point qu'il faut maintenant l'élargir à coups de pelleteuses et de dynamite. Il y a longtemps, lorsqu'il s'est installé ici, c'était une piste cavalière ombragée jusqu'au village par des manguiers et des tamariniers centenaires. Ce n'est plus aujourd'hui qu'une longue balafre poussiéreuse dans la montagne. Les grands arbres qui la jonchaient de mangues et de tamarins sont partis en fumée et en sculptures pour les touristes. On parle même de bitume, probablement pour n'être pas en reste avec Tahiti et permettre ici aussi l'invasion des voitures. Teiva a une autre idée des Marquises mais elle lui a valu un tel lot d'ennuis et d'ennemis, qu'il n'en parle plus à personne. Il n'a plus de temps à perdre en palabres. Il ne descend pratiquement plus de sa montagne, il la débrousse pour y planter des fleurs et des arbres, toujours plus, toujours plus loin... Si Piu n'avait pas détourné son attention, son maître aurait probablement atteint les soixante feuilles tressées dans la journée mais le chien venait de dévoiler un curieux manège. Cela faisait plusieurs jours que Teiva n'avait pas trouvé un seul œuf dans les nids et qu'il cherchait en vain les coupables. C'était peut-être les chats toujours prêts à croquer discrètement un poussin ou un *vini* mais il serait resté ici et là des morceaux de coquilles. Et puis un chat ne vole pas les oeufs, cela se saurait. C'est en observant son chien qu'il avait compris. Il l'avait vu émerger de sa longue sieste dans un interminable bâillement. Sans cesser le tressage il l'avait suivi du regard. Le chien, un bâtard court sur pattes, s'était approché discrètement d'un nid, certain d'être ignoré de son maître affairé à ses feuilles. Il avait délicatement saisi un œuf dans sa gueule et, après un détour insolite dans les pistachiers pour faire diversion, il était venu s'installer sous le faré entre deux pilotis, là où personne ne va jamais. Intrigué, Teiva s'était décalé légèrement pour ne pas perdre de vue l'animal. Difficile d'admettre que son chien volât des œufs crus pour les manger ! Il avait pourtant dû se rendre à l'évidence. Et la technique était au point. Piu avait calé précautionneusement l'œuf entre ses pattes et il avait commencé à mordiller la coquille jusqu'à la percer d'une canine délicate. L'opération avait pris plusieurs minutes. Puis, le trou suffisamment agrandi, il avait basculé l'œuf dans sa gueule avec sa langue sans en perdre une goutte. Son maître avait trouvé là une bonne vingtaine de coquilles vides quasi intactes. Seul un petit trou percé au bon endroit trahissait le voleur.

Sarah n'avait pas gobé les quelques œufs qui lui restaient. Elle s'était préparé une omelette agrémentée des miettes de thon qui restaient de la veille. Elle l'avait partagée avec un Puccini grognon qui n'avait pas vraiment apprécié. En mer il devenait difficile. Et puis cette journée n'avait pas été aussi sereine que les autres. La rencontre avec les bateaux fantômes lui avait fait perdre le rythme insouciant des dernières semaines et elle avait doublé la fréquence de ses tours d'horizon pour éviter toute nouvelle mauvaise surprise…Une précaution somme toute inutile puisqu'elle s'était de nouveau trouvée seule au monde au centre d'un horizon vide. Mais en mer l'inquiétude s'évacue plus lentement qu'elle n'apparaît. Elle n'avait donc pas profité comme elle l'aurait souhaité de sa dernière journée au grand large. Le lendemain allait être différent puisque des îles sortiraient de l'horizon, droit devant. Et puis le vent avait tourné. Il s'était franchement établi au Nord-est ce qui l'avait obligée à empanner. Chahuté par deux houles croisées le bateau était devenu rouleur et la vie à bord beaucoup moins confortable. Enfin il y avait eu cette bataille avec un gros thon qui s'était débattu longuement au bout de la ligne sans jamais parvenir à se décrocher. Elle avait longuement hésité à couper le nylon tendu comme un hauban. Il n'est pas si facile de sacrifier les objets du bord sans y être contraint. Elle avait finalement réussi à remonter le poisson jusqu'à l'arrière du bateau en s'aidant d'un winch. Asphyxié, l'animal s'était laissé faire mais il était trop gros et surtout trop lourd pour être hissé à bord. Et puis, sans congélateur, qu'aurait-elle fait de toute cette nourriture? Elle avait finalement cisaillé le bas de ligne à ras de l'hameçon. D'un faible mouvement de queue, le poisson s'était laissé redescendre dans le grand bleu, il survivrait. Elle avait ensuite beaucoup regretté d'avoir remis la ligne à l'eau avec un nouveau leurre car un peu plus tard, la même scène s'était répétée mais cette fois elle avait tout perdu. La ligne avait cassé net au ras du bateau. Tous les poissons du Pacifique étaient donc cachés ici ! Elle avait passé le reste de la journée calée dans les coussins à caresser son chat sans pouvoir trouver le sommeil. Puis elle s'était longuement évadée sur la carte marine des îles Marquises. Si tout allait bien, elle allait pouvoir y marquer son premier point durant la nuit. De là, il ne resterait qu'à tracer une dernière droite jusqu'à Hiva Oa, celle qui avait une si jolie forme d'hameçon. Pour la première fois depuis son départ, elle avait hâte d'arriver dans une baie calme où l'océan se repose.

Teva avait eu une sérieuse explication avec son chien. En lui maintenant fermement la truffe dans les coquilles vides, il lui avait rappelé quelques détails des règles de vie communautaire. Le maître ici c'était lui, ce dont Piu semblait ne jamais avoir douté. Il le nourrissait bien et suffisamment. Le chien, le museau plaqué dans les œufs, avait tenté en vain un regard de cocker et un timide frétillement de queue. Teiva l'aimait beaucoup mais il ne tolérerait jamais, l'avait-il bien entendu, au grand jamais que son chien fût un voleur ! L'animal s'était permis un faible gémissement moins pour acquiescer à la crise d'autorité de son maître que pour lui faire comprendre l'extrême sensibilité de sa truffe piquée de coquilles. Il nourrissait les poules aussi, et les chats, même les *vinis* avaient droit à leur part de riz. Piu en convenait sans broncher. Il était censé être le gardien de cette communauté et n'était même pas capable d'empêcher les chats de croquer les poussins. Enfin, et il fallait que ce soit clair une bonne fois pour toutes, s'il aimait les œufs crus, aussi surprenant que ce fût, il y aurait droit, mais uniquement selon son mérite. Sur ce, il avait fini par lâcher son chien en le traitant de couillon. La queue basse, Piu était parti bouder sous son manguier en éternuant, ignorant le coq roux qui l'observait d'un œil rond sans bouger et le silence prudent qui régnait chez les poules.

La dernière nuit en mer avait été éprouvante. Sarah avait très peu dormi. L'alizé de nord-est était tombé et les voiles ne portaient plus. Elles battaient régulièrement contre le gréement, à contre temps des mouvements désordonnés du bateau ballotté par une mer chaotique. Des petites pyramides liquides venaient régulièrement s'écraser sur les flancs du voilier, inondant entièrement le pont. Elle avait dû fermer tous les capots. Difficile dans cette confusion de trouver un endroit confortable et ventilé à bord. Au milieu de la nuit, inquiète pour les coutures, elle s'était résolue à affaler la grand-voile devenue inutile. Elle avait aussi changé le tangon de côté. Une manœuvre physique et délicate, surtout de nuit. Cela avait un peu stabilisé la voile d'avant mais ses claquements intempestifs continuaient à ébranler le mât en mettant ses nerfs à rude épreuve. Sans parler de cette sournoise nausée latente qu'elle attribuait autant à ce chahut qu'à la fraîcheur des oeufs. Elle était loin de cette nuit rêvée de fin de traversée où l'on savoure la plénitude de l'accomplissement. Elle s'était même surprise à jalouser son chat qui ronronnait dans ses coussins. Au petit matin, lorsqu'elle avait eu la certitude qu'aucune falaise ne se dresserait devant l'étrave avant plusieurs heures, elle s'était endormie comme une masse. Dans ses cauchemars, son bateau vint s'encastrer dans un chaos de tôles tordues enchevêtrées sur des récifs où surnageaient pêle-mêle d'interminables lambeaux de filets et des centaines de thons morts, sous les regards livides de chinois fantomatiques réfugiés sur les rochers.

Ce matin-là, comme chaque jour, Teiva s'était levé vers cinq heures pour préparer le repas en attendant le jour…Pardonné, Piu avait eu sa part. Ils avaient pris tous deux le chemin de la cocoteraie où le chien n'avait pas tardé pas à faire détaler un petit cochon. C'est en redescendant avec son fagot de palmes que Teiva avait décidé de changer de programme. Le vent s'était levé au Nord-est et la mer s'était bien calmée pendant la nuit. Le ciel était clair et l'air sec laissait une visibilité exceptionnelle. On pouvait voir les couleurs rouges de Motane et on distinguait même les crêtes de Fatu Hiva très loin dans le Sud. C'était un temps idéal pour la pêche et le toit pouvait bien attendre un jour de plus. Depuis quelques jours, les thons étaient de retour, trahis par les nuées d'oiseaux qui tournoyaient au-dessus des bancs. Teiva attendait patiemment l'accalmie du puissant alizé d'Est pour aller faire sa provision de poisson. Ce jour était arrivé et il fallait en profiter.

Exténuée, Sarah avait fini par s'endormir dehors bien avant le jour, sur un banc du cockpit, laissant à sa bonne étoile le soin de veiller sur le petit voilier. C'est le soleil qui l'avait réveillée bien plus tard et ce qu'elle avait vu en ouvrant les yeux lui avait fait oublier dans l'instant ses courbatures. Dans un ciel limpide, les Marquises se découpaient majestueusement droit devant. A une vingtaine de milles devant l'étrave Hiva Oa dressaient ses dentelles de basalte dans un écrin de velours vert. A sa gauche, plus douce et très aride, Motane se teintait d'ocres rouges et bruns. Au loin, elle pouvait même distinguer les contours diffus de Tahuata et l'étroit canal qui la sépare de Hiva Oa. Elle n'aurait pu rêver plus belle arrivée. Elle était restée ainsi un long moment, se laissant envahir par l'exaltation. Sa longue traversée solitaire prenait enfin un sens. Son défi était relevé, effaçant d'un coup ses peurs et ses doutes, faisant taire définitivement ceux qui avaient tant voulu la dissuader de se lancer dans cette folie de partir seule. Qu'allait-elle devenir sans l'expérience de Jérôme? Par quel autre naufrage souhaitait-elle remplacer celui de son couple? Croyait-t-elle vraiment pouvoir courir ainsi à sa perte sans réactions bien intentionnées? Elle avait tout entendu. Grand seigneur, son ami lui avait suggéré de vendre le bateau à Panama et de refaire sa vie avec l'argent, il lui laissait sa part. Elle en avait décidé autrement et même si ce choix avait pris pour beaucoup une tendance suicidaire, c'était le sien et elle n'avait aucune envie de mourir. Elle savait à présent que c'était le bon. Cette soudaine beauté qui s'offrait à son regard en était la preuve éclatante. La mer s'était apaisée et le vent s'était gentiment levé au Nord-est. Elle avait renvoyé la grand-voile avec l'énergie de l'effort final et une joie indicible qui grandissait dans tout son être. Un grand moment de bonheur ! La suite fut une succession de faits impensables. Une fatalité grotesque. Aujourd'hui encore elle peine à décrire en détail cette fracture qui sépare à jamais sa vie en deux. Elle avait voulu tourner une page de sa vie en traversant seule un océan et c'était un autre tome que son destin allait écrire. Elle se souvient avoir terminé sa réserve de bananes séchées pour sa fringale du matin, un détail important qui lui a probablement sauvé la vie. Elle se revoit nue dans le cockpit pour se doucher à l'eau de mer, son plaisir matinal, un rituel. Elle fait ce geste machinal de plonger le seau à l'arrière du bateau en se tenant d'une main ferme à la filière. Elle entend encore dans son dos ce bruit sec à l'instant même où le récipient se remplit d'un coup dans les remous du sillage, le claquement cristallin d'une pièce métallique qui casse, probablement le mousqueton qui relie la filière au balcon. Puis elle est sous l'eau, la corde du seau au poignet droit et l'écope jaune qu'elle a saisie de sa main gauche au hasard de sa chute en cherchant une ultime prise pour se raccrocher à la vie. Lorsqu'elle sort la tête de l'eau son bateau est déjà hors de portée. Il s'éloigne irrémédiablement, beaucoup moins doucement qu'il n'y paraît. Elle le reverra jusqu'à la fin de ses jours, elle le sait, et seul le temps saura peut-être atténuer l'effroi de cette vision mortelle. Son crawl effréné pour le rattraper ne sert à rien d'autre qu'à l'asphyxier. Sa dernière tentative pour trouver de l'aide frise même le ridicule lorsqu'elle s'époumone en hurlements inutiles pour appeler son chat à l'aide. A présent elle est seule et nue dans l'océan avec pour unique et dérisoire pensée que l'eau est bonne…car tout cela ne peut-être qu'un mauvais rêve.

Teiva a foncé sur la nuée d'oiseaux la plus proche. Puis il a ralenti pour décrire de larges cercles autour. Les deux lignes de traîne se sont tendues presque simultanément et il a remonté ses deux premières prises, il sait qu'il va faire une belle pêche. Deux bonites de belle taille lui confirment ce sentiment. Il est loin d'imaginer ce qu'elle va avoir d'exceptionnel. Les oiseaux sont partout. Ils se plantent dans l'océan comme des flèches en repliant leurs ailes au moment de l'impact. Lorsque le bruit du moteur finit par disperser le banc et qu'ils prennent une autre direction, Teiva remet les gaz vers un autre rassemblement. Il a rarement vu une telle abondance de poissons. La saison s'annonce bien. Il a déjà rempli une glacière avec cinq ou six bonites et quatre thons rouges et un *mahi-mahi* se débat au bout de la ligne en sautant entièrement hors de l'eau. La daurade coryphène est de loin son poisson préféré. A ce rythme, il sera rentré bien avant la nuit ! Il s'est ainsi retrouvé, au hasard des bancs, sous le vent de Motane et il a profité de l'abri de la côte pour faire une pause pamplemousse. De là il a vu une petite voile blanche qui longeait la côte sud de Hiva Oa. Il l'a suivie un moment du regard. C'est le premier voilier de la saison. Habituellement les voyageurs, jonglant entre la durée légale de présence en Polynésie et la saison des cyclones, se rassemblent ici plutôt au mois de juin. Celui-ci a certainement d'autres impératifs. Il doit d'ailleurs connaître les lieux pour raser la côte d'aussi près. Il le retrouvera au port plus tard. Il ira peut-être offrir un poisson de bienvenue, histoire de faire connaissance…

Sarah a mis un moment à surmonter sa panique. Elle s'est débattue inutilement pendant de longues minutes. Elle a hurlé. Elle a frappé l'eau de toute la force de ses bras en pleurant de rage et d'angoisse. Elle s'est dressée dans l'eau en pédalant des pieds et des mains pour apercevoir quelque chose, un récif, un tronc d'arbre, une bouée, n'importe quoi pour se raccrocher à la vie. Elle n'a vu que son bateau déjà loin sur un fond d'île inaccessible et l'écope flottant près d'elle, absurde. Elle s'est même remise à crawler comme une folle, sans respirer, persuadée que c'était là sa dernière chance. Et elle a commencé à avaler de l'eau et à suffoquer. Les nausées l'ont stoppée. Elle s'est laissé couler plusieurs fois avec la certitude de vivre ses dernières secondes mais autant d'ultimes et instinctifs coups de talons l'ont ramenée à la surface. Alors elle s'est mise sur le dos. Elle ne saurait dire combien de temps elle est restée ainsi hors d'haleine, se maintenant à la surface par des petits mouvements de mains le long de son corps, comme des nageoires. La longue attente commençait et avec elle l'effarante effervescence de son esprit submergé de pensées…Sa première idée réconfortante fût pour l'écope devenue alors un objectif important et elle a refait quelques brasses pour la récupérer. Elle s'est agrippée à ce ridicule bout de plastique jaune comme à un radeau, bouée dérisoire mais ultime prise pour se raccrocher au monde solide. Plus tard, elle l'a calée sous sa nuque. La maigre réserve d'air qu'elle renfermait lui a donné l'impression de maintenir un peu sa tête, faisant naître une nouvelle lueur d'espoir. Mais que pouvait-elle espérer à flotter ainsi au milieu de nulle-part ? Sa pire angoisse est venue des requins. L'idée intolérable d'être déchiquetée par les squales était tellement oppressante qu'elle préférait encore la noyade. A plusieurs reprises, tétanisée par la terreur, elle s'est à nouveau laissé couler mais à chaque fois son corps a refusé avec toujours cette incontrôlable détente salvatrice vers la surface. Alors elle s'est mise à nager. Elle savait qu'elle n'avait aucune chance d'atteindre la côte avant la nuit, avant l'épuisement, avant l'hypothermie ou la crise de désespoir finale, celle qui lui serait fatale, elle était encore trop lucide pour ne pas en être convaincue mais elle nageait. Gagner quelques centaines de mètres avec le vague espoir d'être aidée par un courant providentiel lui donnait encore un peu l'illusion de maîtriser son destin… Elle nageait doucement, à l'indienne, s'aidant de l'écope comme d'une pagaie. Et elle comptait, inlassablement, en cadence de ses brasses. En rythmant le temps pour l'empêcher de s'arrêter, les nombres remplissant son esprit refoulaient l'idée de mort. A cent, elle se remettait sur le dos et faisait autant de respirations lentes et profondes, laissant son corps absorber la chaleur du soleil encore haut. L'eau était bonne et elle ne ressentait pas le froid. Les bananes distillaient toujours leurs calories. Mais pour combien de temps encore ? Et puis elle se remettait à nager…Bien plus tard, lorsque la fatigue commença à se faire sentir et qu'elle dut réduire à cinquante, puis à vingt le nombre de brasses, elle repensa à son chat, passager solitaire d'un bateau fantôme. Elle l'imagina ronronnant paisiblement dans ses coussins…et elle pleura.

Effectivement, Puccini dormait. Depuis plus de trois heures que sa maîtresse l'avait abandonné, il n'avait pas ouvert l'oeil. Le bateau avait suivi avec une précision électronique le cap imposé par le pilote automatique et sauf une improbable panne électrique, rien ne l'en dérouterait sans une intervention humaine. Il longeait à présent les pointes rocheuses qui s'étirent entre les vallées désertes de l'île. La mer s'était apaisée et seule une petite houle résiduelle frangeait d'écume la côte déchiquetée. Restée à bord, Sarah aurait réussi là un atterrissage parfait. Elle aurait repris la barre pour infléchir légèrement le cap au Sud et déborder les derniers rochers avant de pointer l'étrave dans la baie d'Atuona…Une inflexion de quelques degrés, à peine ! Mais un pilote automatique, lorsqu'il n'est pas en panne, est une véritable merveille de fiabilité. Celui de Sarah n'avait pas failli depuis vingt-quatre jours et vingt-trois nuits, il était d'une précision irréprochable. Le voilier était maintenant très proche de la côte, quelques centaines de mètres à peine. Celle-ci n'allait pas tarder à s'incurver dans la baie d'Hanaupe juste derrière cette pointe rocheuse prolongée d'un petit îlot en forme de tortue. Un curieux rocher lustré par l'océan vers lequel le bateau semblait irrémédiablement attiré.

Teiva n'allait plus tarder à rentrer. La troisième glacière était quasiment pleine et les bancs de thons l'avaient beaucoup éloigné dans l'Est. Inutile de risquer la panne sèche et puis il avait largement prélevé sa part de poisson selon ses besoins. Il réservait même trois thons à la vente pour payer l'essence et un à offrir. Un léger coup de manche inclina le *poti-marara* qui décrivit un large demi-cercle vers Hiva Oa. Les sorties « pêche » n'étaient pas toujours aussi idylliques, le vent, la mer, le ciel et le poisson n'étant pas si souvent en phase. La perfection de celle-ci le comblait de bonheur. Il ne lui restait qu'à remonter les lignes et à se griser de glisse en rentrant plein gaz...Juste après ce banc d'oiseaux droit devant, le dernier!

Puccini s'est réveillé brutalement dans un terrible fracas. Il a été littéralement éjecté de ses coussins et projeté contre le dossier de la banquette dans laquelle il a planté instinctivement ses griffes. Les yeux dilatés de terreur, il a vu s'écrouler une avalanche d'objets autour de lui. Il a reçu sur l'échine un livre qui lui a arraché un miaulement de douleur. Ses oreilles affolées ont capté de partout la multitude de dangers. Il a cherché sa maîtresse invisible. Il l'a appelée frénétiquement, pris de panique. Et puis le bateau s'est incliné violemment, projetant d'autres objets en tout sens avant qu'un choc beaucoup plus puissant n'ébranle la cabine dans un vacarme effrayant de matériaux broyés. C'est là que l'eau a commencé à envahir le bateau. Un puissant geyser a brutalement soulevé le plancher qui s'est mis à flotter dans un tourbillon de panneaux. La quille, arrachée de la coque par le rocher, venait d'ouvrir un gouffre sous le bateau. Epouvanté par le bouillonnement le chat s'est servi de la table branlante comme d'un tremplin. Il s'est projeté dehors d'un seul bond et avant même de réaliser l'absence de sa maîtresse, il a vu le rocher. En une fraction de seconde, il s'est perché tout en haut, à trois ou quatre mètres au-dessus du cataclysme sans même se mouiller les pattes. De là, il a observé la scène sans comprendre. Il a vu le balcon avant se tordre et le roof s'ouvrir comme une boite, le bateau éventré traîné à chaque vague toujours plus loin sur le récif. Lorsque le pont s'est soulevé en se séparant de la coque dans un craquement assourdissant le mât est tombé, entraînant avec lui toute la voilure, les cordages et les câbles. Puis en quelques secondes la coque entière s'est disloquée, coulant par morceaux dans l'eau claire le long du tombant. Lorsqu'il a vu ses coussins s'éloigner doucement en dansant sur les vagues Puccini a poussé un étrange et puissant miaulement rempli de colère et de détresse.

Sarah était sur le dos lorsqu'elle a ressenti les premiers frissons. Elle a voulu se mettre en position fœtale mais sans pouvoir garder le visage hors de l'eau elle ne pouvait rester ainsi repliée sur elle-même. L'inaction laissait le froid l'envahir. Ca commençait par les aisselles pour gagner la nuque et puis le dos, comme une anesthésie. Il lui fallait continuer à nager sans s'arrêter mais elle ne pouvait plus faire plus d'une dizaine de brasses sans être tétanisée par la fatigue et aussitôt le froid revenait la pénétrer un peu plus profondément. C'était la fin ! Une terrible certitude tournant au paroxysme. Elle pensa encore à ceux qui avaient tant fait pour la dissuader de partir et qui ne tarderaient plus à avoir raison. Elle s'étonna du calme qui remplaçait sournoisement la panique. Elle acceptait progressivement l'idée de mourir. Elle trouvait cela vraiment prématuré mais la décision ne lui appartenait plus. Beaucoup mouraient bien avant et en ayant fait bien trop peu de choses. A trente-trois ans elle pouvait au moins se satisfaire de la richesse de son vécu. L'âge du Christ, se prît-elle à penser. D'ailleurs il était peut-être temps d'avoir un entretien avec lui, c'était même le moment ou jamais. Mais non, elle n'aurait pas cette ultime hypocrisie. Elle ne croyait pas à ce dieu des hommes, cet éternel silencieux qui ne la sauverait pas. Il était homme et il était mort. Elle aussi allait mourir et, ironie du sort : au même âge que lui ! Sa conscience allait cesser son activité et se dissoudre comme la lumière d'une bougie qu'on souffle. Et puis ses atomes retourneraient à la matrice cosmique, voilà tout. Ils serviraient à reconstruire autre-chose, ailleurs, peut-être, ou pas. Elle pensa à Jérôme. Elle allait lui jouer là un bien mauvais tour ! Sa disparition allait transformer sa vie. Elle allait bien malgré elle gâcher son bonheur tout neuf et instiller en lui la culpabilité. Une ombre planerait sur ses étreintes avec sa jolie métisse et ses insomnies seraient peuplées de remords…à moins que l'amour ne l'ait totalement changé et qu'il soit devenu un autre, ce qu'elle se plût à croire pour partir plus sereinement. Et pour la première fois elle se félicita de n'avoir pas eu d'enfant ! Comment supporter l'idée qu'un petit être humain fût à cet instant à la place de son chat ? A présent elle avait très soif, comble d'ironie au milieu de toute cette eau ! Ses lèvres et ses paupières gonflées par le sel étaient de plus en plus douloureuses. Elle fermait longuement les yeux, trouvant son agonie plutôt douce si elle se limitait à ce genre de souffrance…Mourir sans douleur serait peut-être sa dernière satisfaction sur cette mer ! Pourtant elle savait que l'eau qui envahit les poumons provoque une terrible douleur thoracique. Si seulement elle pouvait perdre connaissance avant cela ! Les yeux clos, elle perdait presque instantanément la notion du temps, ne la retrouvant qu'en fixant le soleil qui se rapprochait des pics de l'île à jamais inaccessible. Elle nageait alors sur de l'or liquide…de plus en plus froid.

  Les piaillements des oiseaux la sortirent de sa léthargie létale. Ils étaient là, à tournoyer bruyamment en plongeant par rafales à une centaine de mètres sur sa gauche. Le froid et la fatigue disparurent un moment, comme si l'ennui avait été la principale cause de cet interminable abandon vital. Elle les regarda un moment voler aux thons le menu fretin affolé par cette soudaine recrudescence de prédateurs. Cette soudaine effervescence de vie lui procura un plaisir aussi intense qu'inespéré. C'est là qu'elle entendit le bruit d'un moteur. La vibration sous-marine était encore lointaine mais elle reconnut tout de suite le crépitement caractéristique des pales d'une hélice. Elle plongea même un moment la tête sous l'eau pour en avoir la certitude. Aucun doute possible, l'onde sonore persistait. Elle se rapprochait même !

Teiva contourna le banc par le Nord. Il s'autorisait deux derniers thons avant de rentrer. Il savait déjà à qui les offrir. Son premier passage ne donna rien, les amortisseurs en chambre à air restèrent mous. Il fit demi-tour pour faire un second passage dans le banc et à une centaine de mètres sur la gauche il aperçut l'éclat d'un *mahi mahi*. C'était une petite daurade avec un comportement étrange. Elle se débattait sur place, comme entravée par une ligne ou un filet ! Oui, c'était ça ! Il distinguait même un flotteur chahuté par les débattements du poisson. Intrigué, Teiva se rapprocha encore et ce qu'il réalisa quelques instants plus tard le bouleversa. Il se frappa énergiquement les joues à deux mains, comme il le fait parfois lorsqu'il sent la fatigue et le ronronnement du moteur l'assoupir à la barre. Personne ne croirait jamais cela ! Il y avait là, agrippée à l'arrière de son bateau, une fille nue à la peau d'une blancheur aux reflets bleutés fantomatique. Une fille qui lui souriait en même temps qu'elle pleurait. Et ce n'était pas une sirène. Ces créatures, à en croire les spécialistes qui ont eu la chance ou le malheur d'en voir, ont une queue de poisson à la place des jambes, avec des écailles…et elles séduisent les pêcheurs par des chants envoûtants jusqu'à les entraîner à jamais dans les profondeurs. Non il n'avait rien à craindre, celle-ci était une vraie femme avec des fesses humaines et elle n'avait manifestement aucune envie de l'attirer dans l'océan mais semblait au contraire bien décidée à monter à bord. D'ailleurs aucune sirène n'avait jamais demandé de l'aide à un pêcheur en gémissant. « Aidez-moi ! Je n'en peux plus ! » l'implora-t-elle les deux mains crispées sur le taquet arrière, serrant de toutes ses forces une écope jaune.
Le bref échange qui avait suivi n'était guère plus vraisemblable. « Qu'est-ce que tu fais là ? » avait demandé Teiva en la hissant des deux bras sur le bateau. « Je…j'ai…enfin…heu…ben j'écope ! » Avait-elle bredouillé en brandissant l'objet en plastique. Son visage toujours souriant et inondé de larmes était celui d'une enfant submergée de toutes les émotions de la terre. « Ahiii ! C'est

beaucoup de travail ! » S'était étonné Teiva, interloqué par le comique de cette conversation décalée. Il lui tendit un paréo et commença seulement alors à s'inquiéter en voyant le sourire de la fille tourner au rictus. « Ca m'a donné soif ! » réussit-elle encore à prononcer avant de s'effondrer entre les glacières de poisson dans une violente crise de tremblement.

Teiva l'avait longuement frictionnée avec une serviette puis il l'avait massée avec du monoï. A mesure que sa peau ramollie aspirait l'huile parfumée, elle avait progressivement repris une couleur humaine. Régulièrement, il lui faisait boire quelques gorgées d'eau. Elle réussit même à avaler des petits morceaux de pamplemousse et quelques lamelles de thon cru encore tiède.

Plus tard, lorsque les tremblements eurent cessé et qu'elle rouvrît enfin les yeux pour regarder son sauveur sans plus rire ni pleurer, elle comprît qu'elle ne mourrait pas ce jour-là, que son heure n'était pas venue. En lui glissant sa fleur de tiaré sur l'oreille, il lui murmura en souriant : « *Mave mai io te Fenua Enata !* » Elle voulut lui demander ce que cela voulait dire mais elle s'endormit.

Le moteur hors-bord donna toute sa puissance, traçant un long sillage rectiligne sur une mer rose. Si le voilier avait continué normalement sa route, ils avaient une chance de le rejoindre avant qu'il ne vînt s'échouer sur la grande pointe de Taoaa. Aucune voile n'était visible à l'horizon mais ils étaient encore trop loin de la baie d'Atuona pour avoir la moindre certitude. Poussé par les courants côtiers, le bateau pouvait très bien avoir dérivé et il n'était pas impossible qu'il fût resté encalminé dans une vallée déventée. Teiva restait optimiste mais pour Sarah toutes ces pointes rocheuses hérissant la côte étaient autant d'obstacles infranchissables. Elle n'écartait pourtant pas l'éventualité d'une panne de vent à l'abri des falaises. Sans erre, un bateau ne répond plus aux angles de barre. Le pilote électrique perd alors le contrôle du cap, laissant le voilier dériver au gré des courants. Mais à mesure qu'ils se rapprochaient de la côte, il leur fallait se rendre à l'évidence : le vent n'avait pas molli. Canalisé par les vallées encaissées, il s'était même renforcé, exhalant sur l'océan les effluves de la terre. Terriblement angoissée par le sort de Puccini Sarah était bien loin de se laisser envoûtée par l'odeur des Marquises. Le sort de son bateau n'avait plus grande importance. Elle n'était même pas certaine de vouloir remonter à bord. Elle ressentait sa chute comme une traîtrise du voilier qui s'était sournoisement débarrassé d'elle alors qu'elle avait le dos tourné. Une seule chose lui importait à présent, retrouver son chat. Un besoin obsédant qui lui faisait oublier son épuisement que les quelques minutes de sommeil n'avaient guère atténué. Elle fixait la côte intensément malgré la brûlure du sel, scrutant méticuleusement les moindres anfractuosités, les plus petites grottes et les innombrables failles découpant les falaises. Teiva avait réduit la vitesse. Le bateau longeait à présent le littoral déchiqueté au ralenti, s'enfonçant méthodiquement dans chacune des baies. Il restait encore une bonne heure avant la nuit, un délai suffisant pour continuer ainsi les recherches jusqu'à la baie d'Atuona. Si le voilier était là, il ne pouvait pas le manquer.

Toujours perché sur son rocher, Puccini avait regardé passer le *poti marara* en miaulant. Concentrés sur le rivage, les deux occupants étaient passés à quelques dizaines de mètres de lui sans lever les yeux ni entendre ses appels. Il avait tenté une prudente descente de son perchoir mais toute cette eau bouillonnante autour de lui l'en avait irrémédiablement dissuadé. Et puis, le bateau avait disparu et il s'était à nouveau retrouvé seul au monde.

Ils ne trouvèrent rien non plus dans la baie d'Hanaupe. Ils en ressortirent en longeant la pointe opposée, un gigantesque éboulis au pied d'une falaise d'où des chèvres immobiles les observaient. « Là, là, il y a quelque chose, juste là, sous le gros rocher fendu ! » s'écria soudain Sarah en pointant du doigt une forme claire coincée dans l'ombre d'une faille. En reconnaissant un morceau du plancher de son bateau, elle comprit instantanément l'ampleur du désastre. Inutile d'aller plus loin, le voilier devait être là, au fond, du moins ce qu'il en restait. Elle se mît aussitôt à scruter frénétiquement les rochers à la recherche de Puccini, réfrénant une terrible montée d'angoisse. Teiva remit les gaz. Il avait vu quelque chose flotter au milieu de la baie. Sarah n'arrivait plus à respirer, elle n'osait même pas regarder la petite forme inanimée qui flottait entre deux eaux, ses jambes ne la portaient plus. Ce fut une véritable délivrance lorsqu'elle reconnut un coussin de sa cabine. Et ils comprirent enfin ! Le voilier avait dû s'écraser là-bas, sur l'autre pointe, certainement au pied du gros rocher rond qui la prolonge. Sarah repéra vite son chat perché au sommet. C'est Teiva qui monta le chercher. Deux vies sauvées le même jour c'était décidément une journée exceptionnelle.

« Viens Le Chat, le voyage est fini et ta maîtresse s'inquiète, lui expliqua-t-il, si tu veux j'ai un copain pour toi là-haut ! » ajouta-t-il en pointant du doigt les contreforts du mont Temetiu. Puccini se laissa emporter par la peau du cou comme un chaton.

Le scolopendre

L'Homme s'arc-boute encore une fois sur la barre d'acier. Il décolle avec rage ses pieds du sol pour mettre la totalité de ses quatre-vingt-dix-sept kilos en levier. Ses tatouages prennent des tons noirs sous le ruissellement de la sueur et son effort s'alourdit à présent d'impatience.

Le soleil s'accroche à la crête, signe qu'il ne reste qu'une bonne heure avant la nuit. Et l'Homme veut en finir aujourd'hui. Demain il plantera, il en a décidé ainsi.

Alors, face à tant d'acharnement de muscles, contre une telle débauche de puissance et de volonté, privé de sève et coupé de sa racine mère, le manguier lâche prise, vaincu. Et dans un majestueux ralenti il se couche, dans un ultime bruissement, sur la Terre de l'Homme.

Aussitôt penché sur le trou laissé par les racines arrachées, l'Homme y plonge une main avide : de la bonne terre noire qui lui colle aux doigts. *Tapava'u*[1] se dit -il en souriant. Il voit déjà les nonis y grossir à vue d'oeil. Satisfait, il s'assoit sur le tronc en relevant la visière de sa casquette des Chicago Bulls et sort de la poche de son immense short de boxeur un paquet de Bison aplati dans lequel s'est incrusté le briquet. Et là, retenant le papier à rouler entre trois doigts boudinés pendant que deux autres cherchent une pincée du délicieux poison, il ne peut voir l'animal qui file nerveusement entre ses larges pieds nus.

Délogé de son gîte en même temps que les racines de l'arbre et affolé par le cataclysme et la lumière, le *ve'i*[2] s'enfuit à la recherche d'un autre trou.

Si l'Homme ignore tout du danger qui le frôle, la poule, elle, a vu.

---

[1] tapava'u = terrre fertile
[2] ve'i = cent-pieds (scolopendre)

Elle verrouille dans son oeil perçant le cent-pieds large comme le pouce de l'Homme et, abandonnant ses trois poussins, se précipite sur ce met de choix.

Vaguement étonné, l'Homme croit d'abord à une attaque du volatile toujours prêt à se battre pour défendre ses petits mais il ne comprend pas cette soudaine hostilité face à son propre calme et à l'éloignement des poussins hors de sa portée. Les plumes gonflées, la poule ouvre ses ailes pour donner plus de force à son coup de bec et vient piquer le dangereux rampant quasiment entre ses jambes. Et là, médusé, l'Homme assiste à ce qui arrive une fois sur mille. Il voit le *ve'i*, serré à mort dans l'étau du bec, s'enrouler puissamment autour du cou et de la tête de la poule jusqu'à lui recouvrir les yeux. La suite est un chaos instantané d'une rare violence. La poule pousse un cri rauque et se met à rouler sur le sol et dans le ravin en frappant au hasard les pierres de son bec, de ses ailes et de ses pattes pour tenter de se débarrasser de sa terrible proie.

Quelques secondes plus tard, dans un nuage de plumes et de poussière, elle s'immobilise sur le flanc près du ruisseau.

Aue...! s'étonne le colosse qui prend tout de même le temps d'allumer sa cigarette avant de descendre dans le ravin.

La tête retournée et gonflée par le poison, les yeux exorbités, la poule est morte. Le cent-pieds a disparu entre les roches volcaniques du ruisseau.

Assis sur la grosse pierre plate qui sert de palier à son faré, Tahi se remet à sculpter. Depuis ce matin, tout en ciselant une superbe dent de cochon, il observe son voisin et s'amuse de son acharnement à vouloir mettre à terre le manguier en fleurs pour planter encore et toujours la même chose. Il n'a rien contre la rentabilité du noni mais il aimait bien les petites mangues juteuses et sucrées que donnait l'arbre à profusion chaque année.

En fait, il trouve cela plutôt triste et s'il garde un tel détachement c'est surtout parce que depuis bientôt un an que son voisin a acheté la Terre, il ne peut plus se régaler de mangues. La clôture est désormais là pour l'en dissuader.

Au début, il avait cru que c'était pour parquer les animaux et c'est de bonne foi qu'il avait enjambé le grillage pour ramasser des fruits. Mais, très vite, son nouveau voisin lui avait fait comprendre sans équivoque ni grande courtoisie sa façon de penser. Il lui avait même montré un papier avec des tampons et des signatures certifiant qu'il était propriétaire. Et Tahi, petit locataire tout juste demi-marquisien, pouvait désormais oublier de se croire tout permis dans cette vallée. Ce jour là, Il avait ressenti comme une fissure dans tout son être, une rupture de son espace et de son temps, une séparation métallique entre l'avant et l'après propriétaire.

C'est d'ailleurs comme cela qu'il appelle l'Homme désormais : Propriétaire. Il lui a si souvent répété en se frappant la poitrine « je suis propriétaire ! » que c'est désormais ce nom qui lui vient à l'esprit quand il pense à lui. Ce qu'il aimerait ne pas faire. Propriétaire, *hei*[3], ce mot magique, propre, légal et si puissant pour clore un dialogue!

Mais comment ne pas penser à celui qui s'agite chaque jour bruyamment dans son paysage du lever au coucher du soleil ?

---

[3] hei = propriétaire

C'est la première clôture dans la vallée et les cochons ne passent plus. Ils vont boire plus haut, avec les chèvres, là où le ravin devient falaise.

Trop éloigné, Tahi n'a pas compris ce qui est arrivé à la poule.

Il a vu sans pouvoir se l'expliquer l'étrange comportement du volatile et ses roulades désordonnées jusqu'au ruisseau.

Et il regarde avec la même perplexité Propriétaire s'éloigner vers sa grande maison toute neuve en tenant la poule par les pattes, suivi des trois poussins orphelins.

La nuit tropicale s'installe en hâte et l'océan prend à l'est des reflets lapis-lazuli de grand beau temps.

Au seuil de la terrasse carrelée l'Homme va appeler sa femme pour lui dire qu'il y a une poule au menu mais il hésite et finalement se ravise.

Cela ne lui ressemble pas. Mais tout de même : la volaille est morte empoisonnée! Et puis ce qu'il aime dans la poule c'est la tête. Et celle-ci, grotesque et toute boursouflée, ne lui dit vraiment rien.

Il redescend jusqu'au parc à cochons et leur jette le cadavre par-dessus le grillage.

Il est soucieux. Les poussins qui piaillent de plus en plus fort leur détresse l'agacent.

Les lapins s'agitent eux-aussi dans leurs cages. Habituellement, à cette heure-ci, ils dorment. Demain il nettoiera celle de l'Angora. Ce soir, il est trop las.

Il a hâte d'être au matin. Il craint la nuit et celle-ci ne s'avance pas en amie.

Il jette furtivement un regard noir vers son voisin encore entrain de paresser devant son ridicule faré niau. Le temps ne se lasse-t-il donc jamais d'être tué par ce genre d'inutile?... *e hope'e[4] !*

---

[4] e hope'e = fainéant

Et puis il rentre se protéger dans la crudité des néons criblés d'insectes.

Tahi se douche près du Tiaré, se noue un pareo à la taille et rentre lui aussi.
Il n'y a plus assez de lumière pour sculpter et il est temps de préparer le repas.
Il soulève délicatement le verre de la lampe sur l'étagère de bambou et allume la mèche. Une lumière chaude s'insinue progressivement dans l'unique pièce de son faré, donnant des tons fauves au bois de fer des poteaux. Un moment qu'il affectionne tout particulièrement, même quand il est seul, comme ce soir, sans vahiné.
Habituellement c'est aussi le moment que choisit Hoa pour rentrer.
Il devrait déjà être là, les deux pattes avant sur la pierre plate à attendre sa gamelle, trop comique à étouffer ses aboiements d'affection pour respecter tant bien que mal l'amour que voue son maître au silence.
Mais ce soir Tahi a vu les frégates tourner en rase motte au dessus de la plage et il ne s'inquiète pas. Rien ne fait plus perdre à son jeune chien la notion du temps que cet excitant ballet d'oiseaux à sa portée.
Il sort du réfrigérateur la carangue noire qu'il a tirée ce matin à l'entrée de la grotte Pikina et la met au four. Puis il jette deux grands verres de riz dans l'eau déjà frémissante et s'installe dans son hamac. Il se sent merveilleusement bien et se laisse emporter par les premiers scintillements d'étoiles dans le triangle de voûte céleste ouvert par le haut toit de palmes tressées. L'air est délicieusement saturé des effluves du *Motoï*[5] en fleurs.

---

[5] motoi = Ylang-Ylang

Napeka[6] est déjà sortie de l'océan et commence sa lente rotation autour du Pôle dans la superbe nuit sans Lune. Tahi est fasciné par la Croix du Sud. Il ne manquerait pour rien au monde ce rendez-vous tout au bout de la Voie Lactée.

Mais Hoa fait rarement dans la délicatesse et c'est le moment qu'il choisit pour ramener l'esprit de son maître au fenua en venant déposer avec toute sa fierté de chasseur une frégate morte sur la pierre plate. C'est du moins ce que croit Tahi en distinguant la vague forme blanche gisant dans la pénombre. Jamais il n'aurait pensé qu'un chien, et a fortiori le stupide Hoa, fût capable de choper une frégate au vol. Il sent la colère l'envahir et se précipite au-dehors.

- *Kio'e pa'a*[7]*!* qu'est-ce que t'as encore fait ? couillon !

Le chien se met à gémir en s'aplatissant au sol mais Tahi comprend son erreur et regrette déjà que c'en soit une. Ce qu'il a pris dans l'obscurité pour un ventre de frégate est en fait une grosse touffe de poils maculée de boue, un gros lapin blanc tout ce qu'il y a de plus mort et qu'il reconnaît irrémédiablement. Une véritable catastrophe, le lapin Angora du voisin, l'inestimable fétiche de Propriétaire, son bébé, sa jeunesse, toute sa vie ! *aueee !*

Et la soirée qui s'annonçait divinement sereine tourne au cauchemar.

Il avait presque vidé son esprit de toutes ses pensées inutiles et encombrantes et le voilà qui se met à réfléchir comme un fou en se dévorant les pouces. Que faire? Courir jusqu'à la plage et jeter le cadavre aux requins? L'enterrer dans un coin du *papua*[8] avant que la Lune se lève? Aller le rendre à Propriétaire en s'excusant pour tout...?

---

[6] Napeka = constellation de la Croix du Sud
[7] kio'e pa'a = injure : *rat pourri !*
[8] papua = jardin

Rien de tout cela ne lui convient. Il connaît trop bien Hoa pour savoir qu'il ira rechercher son trophée au bout du monde s'il le faut. Et aller se confondre en excuses aux pieds de la brute bornée qui lui sert de voisin reviendrait à se cogner lui-même la tête contre un rocher jusqu'au coma dépassé !

Mais comment le précieux *kio'e ferani*[9] a-t-il pu s'échapper de sa cage de luxe? Et pourquoi a-t-il fallu qu'il tombe sous les crocs de Hoa ?

Tahi s'énerve et maudit son chien qui ose réclamer son dû, inconscient de l'ampleur du désastre.

Et le mot n'est pas trop fort.

Son voisin voue une véritable vénération à cet animal depuis qu'il a fait gagner toutes les courses à l'équipe des rameurs de la commune. Le plaisancier de passage qui s'en était débarrassé pour éviter les ennuis avec les services sanitaires néo-zélandais avait garanti l'étonnant pouvoir porte-bonheur de l'animal. Un comble pour un marin! Et pourtant c'était vrai. Depuis ce jour, la pirogue de Propriétaire avait toujours passé la ligne d'arrivée en tête, et la mascotte de l'équipe Te Teka était devenue une précieuse célébrité pendant plusieurs années...C'était au temps où Propriétaire était un beau rameur musclé dans une équipe de gagneurs. C'était au temps où il n'avait pas encore cet estomac gonflé par la bière ni ce souffle court de fumeur.

Et c'est Hoa qui vient d'assassiner la star retraitée! Tahi en pleurerait bien. Ses rapports avec Propriétaire n'avaient vraiment pas besoin de çà!

Et puis soudain la solution s'impose comme une évidence dans son esprit. Il n'y a pas une seconde à perdre. Il saisit la dépouille flasque par les oreilles, la passe fébrilement sous le robinet pour faire disparaître les traces de boue sur le pelage. Il constate avec soulagement que Hoa n'y a pas planté ses crocs. Il lui fait même un shampooing car les taches sont tenaces. Puis il essuie soigneusement l'animal mort avec une serviette, sort la carangue du four qu'il éteint et y place le lapin pour la séance de séchage.

---

[9] Kio'e ferani = lapin (littéralement : rat français)

Etrange besogne qui fait monter en lui une irrésistible envie de rire mais la suite de son plan le fait plutôt trembler.

Il attache son chien qui a fait suffisamment de dégâts pour aujourd'hui et après avoir brossé le pelage redevenu blanc et soyeusement gonflé du lapin, il le met dans un sac et sort dans la nuit.

Là-bas, rien ne bouge sur la terrasse inondée de lumière blanche. Tahi sait que son voisin est un couche-tôt et que les néons resteront allumés toute la nuit pour tenir les esprits des morts à distance. Il sait aussi que la lumière éblouissante est son alliée si d'aventure Propriétaire était encore debout. Alors il enjambe la clôture en essayant de ne pas penser au calibre douze probablement chargé quelque part dans cette froide demeure. Il s'approche en chasseur le long de la fosse aux cochons qui, vautrés dans leur fange, se contentent de quelques vagues grognements sur son passage. Puis il atteint les cages des lapins, tous endormis. Celle de feu la mascotte est verrouillée correctement, ce qui le rend un instant perplexe. Il l'ouvre délicatement et dépose le cadavre encore tiède sur la litière. Un terrible doute l'envahit quand il réalise que l'animal dégage une odeur de shampooing à la pomme mais il est trop tard pour faire marche arrière.

Il referme la cage et disparaît dans la nuit.

Le soulagement, la faim et le sommeil chassent ses états d'âmes.

Propriétaire se cambre dans son lit en hurlant et se mouche frénétiquement dans ses doigts. Trop tard! Le cent-pieds est déjà trop profondément enfoncé dans sa narine et rien d'autre n'en sort qu'un ridicule sifflement. Il va lui piquer le cerveau. Sa tête va gonfler. Il ne veut pas mourir. Il ne veut pas souffrir. Mais pourquoi personne ne lui a-t-il jamais dit que le manguier était *Tapu*[10] ? A présent c'est trop tard. L'esprit maléfique est déjà dans sa tête. Il le sent progresser dans ses sinus. Terrorisé, il récite en hâte l'antique prière maorie :
« *C'est le soir, c'est le soir des dieux*
Veillez près de moi ô Dieu, près de moi ô Seigneur
Gardez moi des enchantements, de la mort subite
De souhaiter le mal ou de maudire
Gardez-moi des secrètes menées et des querelles pour les limites des terres
Que la paix règne autour de nous
Que moi et mon esprit vivent, ô Dieu. »

Réveillée en sursaut, Kua se précipite dans la chambre de son mari. Ruisselant de sueur, les yeux exorbités, il est assis sur le lit et vocifère dans un charabia ininterrompu, un doigt enfoncé dans son gros nez.
Il est bientôt deux heures et la pleine Lune occulte les étoiles. Le paysage monochrome est d'une immobilité parfaite si ce n'est le subtil scintillement de l'océan au-dessus de la cocoteraie. Un *pavi*[11] survole la plantation de nonis en tranchant le silence de son bref cri nocturne et vient se poser sur la faîtière de l'immense toiture de tôles.
L'alizé retient son souffle, *'a mutu*[12].

---

[10] tapu = sacré, interdit
[11] pavi = oiseau nocturne
[12] 'a mutu = chut! silence!

Comme chaque matin, le coq s'enhardit entre les pilotis du faré et pousse son cri déchirant à la verticale du lit de Tahi. Et comme chaque matin, le sculpteur se réveille en sursaut et jure qu'il mangera le coq le soir-même. Il est en retard. Il a promis la dent sculptée pour aujourd'hui et il doit encore la polir et faire la ligature. Il avale d'un trait un grand verre de jus de pamplemousse et termine un reste de *ka'aku*[13]. C'est alors seulement que les souvenirs de la nuit lui reviennent. Etait-ce un cauchemar? Il doute. Hoa s'étire sur la pierre plate et vient lui faire la fête. Le jeune chien n'a pas la tête d'un tueur et ne semble pas traumatisé par quoi que ce soit. C'est le four resté ouvert et le flacon de shampooing à la pomme sur l'évier qui ramènent Tahi à la réalité. Il n'a pas rêvé. Et pour le bien des trois habitants de cette vallée, il se met à souhaiter de tout son coeur que son plan fonctionne. La mort subite du vieux lapin dans sa belle cage n'est-il pas ce qu'il y a de plus souhaitable pour tous ?
A présent il a les idées claires et il veut savoir.
Dehors le soleil est déjà bien au-dessus de l'horizon et le vent d'est s'établit. Propriétaire n'est pas en vue. Tahi l'aurait cru déjà entrain de débiter le manguier à la tronçonneuse mais l'arbre abattu est entier. Il n'est pas non plus sur sa terrasse et personne ne s'agite autour des cages à lapin. Un calme inhabituel, étrange, quasi inquiétant !

---

[13] ka'aku = pâte de fruit à pain pilé, servie dans du lait de coco

Soudain, Hoa dresse les oreilles en direction de la piste et s'élance en aboyant vers le 4X4 qui descend doucement vers la maison. Tahi reconnaît la voiture de Kua qui rentre déjà du village. Il s'avance à sa rencontre, étonné qu'elle ait vendu si vite tous ses légumes. Le chien est déjà entrain de sauter joyeusement autour de la Land Rover. Tahi apprécie beaucoup Kua. Sans elle, la vie serait devenue impossible ici et il a très vite compris l'influence de cette petite femme énergique sur son violent mari. Ils discutent souvent tous les deux, lorsque Propriétaire est absent. Elle s'intéresse à ses sculptures, ils parlent fleurs, légumes, animaux, abeilles...Ils parlent en bons voisins quoi !

– Kaoha nui Kua! Comment ça va ce matin? Tu rentres déjà?
– Kaoha Tahi! Aue, si tu savais la nuit que j'ai passée! Mon mari est malade. Il a
passé la moitié de la nuit à délirer. Je reviens de l'hôpital. Le taote[14] m'a donné du Doliprane pour faire baisser la fièvre. Le pauvre n'a même pas voulu se lever ce matin. Il dit qu'il est maudit, que le manguier était tapu et que les cents-pieds vont exécuter la vengeance, que les malheurs vont continuer. Il parle même de quitter la vallée et je ne sais trop quelles salades encore ! Tu sais, je crois bien qu'il n'a pas supporté la mort de son lapin Angora!
– Son lapin est mort !
– Ah oui, c'est vrai que tu n'es pas encore au courant ! Avant hier, la pauvre vieille bestiole a commencé à donner des signes de faiblesse. Vu son âge ça n'avait rien d'étonnant ! Alors, mon gros nigaud de mari l'a prise avec lui dans son lit et au matin, elle était raide morte sur l'oreiller. Ca lui a mis un sacré coup ! Il a été l'enterrer près de la plage, sous les pandanus, et il a passé sa journée à déraciner le manguier. Je pensais que ça l'aurait bien

---

[14] taote = médecin

défoulé mais hier soir, il n'a presque rien mangé. Il disait qu'il avait un mauvais pressentiment. Il m'inquiète tu sais!
Il commence même à voir des *Tupapa'u*[15] partout...
Il ne manquerait plus qu'il rencontre celui de son lapin !

---

[15] tupapa'u = fantôme

Le Tiki

Le hurlement de détresse d'un chien stoppa net le cheval et Moe dut raidir puissamment les rênes pour forcer la bête à rester sur place. Kevai n'était pas un animal peureux de nature mais il avait senti le danger et, tout dévoué qu'il fût à son maître, il n'irait pas plus au devant. De toutes façons la pente devenait trop raide et malgré la pleine lune qui diffusait une lumière laiteuse, la progression dans l'enchevêtrement de fougères et de roches friables risquait désormais de finir en chute meurtrière pour l'homme et sa monture. Moe se coucha sur le dos du cheval et se retint à l'encolure afin de poser ensemble ses deux pieds infirmes sur le sol. Il déplia la couverture qui lui servait de selle sur le dos de l'animal en sueur et noua la bride au pistachier le plus proche. Il lui murmura quelques paroles apaisantes en lui caressant la jugulaire et après s'être assuré que son couteau était bien en place dans le fourreau en peau de vache passé à sa ceinture, il reprit sa progression vers la crête en boitant.

La meute aboyait désormais sur place, à deux ou trois cent mètres en direction de la cascade. Ses aboiements frénétiques couvraient les hurlements de douleur qui avaient fait renoncer Kevai. Moe savait le cochon immobilisé par les chiens. Il devait faire vite s'il voulait leur épargner d'autres blessures dans la lutte qu'ils étaient entrain de mener contre l'animal sauvage. Il savait aussi que l'un d'eux était touché. Les hurlements faiblissants ne le rassuraient pas.

Pourtant il lui fallait rester prudent. Son infirmité ne lui permettait pas la précipitation et il avait trop d'expérience pour se laisser tenter par le chemin le plus court sur les traces du cochon, un peu plus bas le long de la rivière. Il savait mieux que quiconque que si l'animal parvenait à se dégager de la meute, il foncerait tête baissée sur ses propres traces, sa seule issue, et malheur alors à celui qui serait sur son passage. Il longea donc la crête jusqu'à la faille qui forçait la rivière à se jeter en cascade dans la gorge étroite d'où montaient, mêlés au bruissement sourd de la chute d'eau, les aboiements et les gémissements des chiens. Il connaissait bien ce passage. Il aurait pu le pratiquer les yeux bandés. Talons en avant, il se laissa descendre sur les fesses entre les énormes blocs de basalte, plus gêné par son couteau que par son handicap. Il se releva une trentaine de mètres plus bas dans ce piège naturel où s'était laissé acculer le cochon. L'air y était saturé d'eau et s'évacuait de la gorge en souffles froids au rythme des masses d'eau s'écrasant sur la roche, chassant sans relâche un pâle arc-en-ciel lunaire qui rejaillissait sans cesse d'une vasque. Il devait agir vite. Pourtant, dès qu'il distingua l'animal, il écarta l'idée d'un corps à corps avec la bête. Acculée contre la paroi rocheuse, elle était incontournable et surtout trop grosse, trop dangereuse. Elle avait déjà éventré deux chiens et les cinq autres qui avaient planté leurs crocs dans ses flancs, ses cuisses et son échine ne résisteraient plus longtemps aux puissants sursauts de l'animal pour se relever. Il l'observa encore un moment et lorsqu'il fut certain que ce n'était pas une femelle pleine, il se décida. Il lui fallut moins d'une minute pour couper une perche de *purau.* Il ligatura solidement son couteau à l'extrémité la plus solide du jeune arbre. Il travaillait vite, à peine gêné par ses épais gants de cuir qui protégeaient ses moignons. Puis, armé de cette longue lance, il s'avança de biais vers le cochon en contournant une dalle glissante. Précis et à présent sûr de ses appuis, il approcha la lame jusqu'à toucher le garrot de l'animal et là, pesant de tout son poids sur la perche, il enfonça le couteau qui trancha net l'artère vitale de la bête. Dans un dernier sursaut, elle émit un grognement rauque et se couvrit de sang en aspergeant les chiens, la roche, l'air et l'eau bouillonnante. Au même instant, comme si les dieux eux-mêmes avaient voulu tirer un rideau noir sur ce chaudron d'Hecaton, un épais nuage masqua la lune, plongeant homme, bêtes et cadavres dans une obscurité aqueuse. Et une pluie presque tiède s'abattit en déluge, achevant de tout détremper.

Hans Grüber avait l'œil vissé à son camescope et tentait d'amortir les mouvements désordonnés et parfois très brutaux du Dornier pour immortaliser l'atterrissage à travers le hublot rayé. Sur les trois sièges précédents, madame Grüber transmettait sans pudeur sa terreur à ses deux adolescentes de filles qui n'osaient même plus regarder au dehors. Agrippant de leurs mains moites les accoudoirs, elles préféraient fermer les yeux. Les turbulences qui secouaient le bi-moteur étaient, il fallait bien le reconnaître, d'une rare violence et le pilote n'arrangea rien en déclarant sur un ton qu'elles auraient voulu beaucoup plus assuré qu'il reprenait de l'altitude pour faire une troisième et dernière tentative d'atterrissage. Il avait plu une bonne partie de la nuit et les trouées dans le plafond étaient trop brèves pour garder suffisamment longtemps l'axe de la piste en vue. Hans Grüber était aux anges. Un peu d'aventure dans leur long et monotone voyage depuis l'Europe n'était pas pour lui déplaire. Il continuait de filmer les crêtes verdoyantes et les pitons rocheux qui défilaient entre les nuages sur la gauche de l'appareil, trouvant que tout cela ressemblait à des tas d'autres endroits de la planète qui n'avait décidément plus de secrets pour lui. Et puis il s'amusait tellement de la panique des femmes.
Après avoir effectué une grande boucle au-dessus de l'océan grisâtre, l'appareil se représenta dans l'axe. S'il ne se posait pas cette fois, il remettrait le cap sur Tahiti, quelques 1500 kilomètres dans le sud ouest, sous peine de ne plus avoir suffisamment de carburant pour le faire.
Et l'île se laissa aborder.
Hans Grüber put même filmer une superbe cascade qui jaillissait de la végétation et se déversait dans un gouffre sombre comme il en avait déjà vu plusieurs en Indonésie et au Vénézuela.

Le Dornier rebondit sèchement sur la courte piste et le pilote enclencha le freinage sous les applaudissements de madame Grüber. Ses filles retrouvèrent dans l'instant la vue et la parole. Elles sortirent leurs trousses de maquillage sous le regard incrédule d'une *tupuna,* elle aussi rassurée et enfin de retour au *fenua.*

    Moe ouvrit les yeux, réveillé par un rayon de soleil sur son visage. Il avait dû dormir trois ou quatre heures et malgré les douleurs vives qui se réveillaient dans ses membres, il émit un grognement de satisfaction en réalisant que la pluie avait cessé. Il se dégagea des racines du banyan qui l'avaient en partie abrité et étala sa couverture trempée sur une pierre déjà chaude du marae. Il ôta ses bottes en grimaçant, puis ses gants et se traîna jusqu'à la dalle centrale entièrement ensoleillée. Il s'y allongea sur le dos, s'offrant avec délice au soleil et lui exposant sans pudeur les lésions que l'humidité faisait douloureusement suinter. Ici personne ne viendrait s'horrifier de sa maladie ainsi exhibée. Il était seul et loin des vivants. Ici il ne risquait pas la honte ni le dégoût. Ici il ne risquait rien.

Il resta ainsi quelques minutes, se laissant pénétrer par le ciel en attendant le réveil de Teuuhua. Il était particulièrement impatient de lui parler car la chasse avait été bonne, comme en témoignaient les deux gros sacs pleins de viande que portaient Kevai sur son dos. Il avait hâte de lui dire tout son respect et sa gratitude pour une telle abondance. Il écarta légèrement les bras le long de son corps, ses mains mutilées ouvertes vers le ciel et il se détendit, laissant son regard se perdre dans les plus hautes branches du banyan. Il n'eut pas longtemps à attendre. Comme à chaque fois, Teuuhua le pénétra doucement par les reins. A travers la pierre, il sentit la vibration familière remonter progressivement le long de sa colonne vertébrale avant de s'installer dans son crâne. Son corps collé à la dalle se mit à peser plus lourd que Kevai et tout son chargement. Alors il ferma les yeux et, à voix haute, il remercia

par trois fois. Une fois pour la taille de la bête qui allait le nourrir pendant plusieurs semaines. Une fois pour lui avoir épargné les blessures. Et une fois pour n'avoir pris que deux chiens en offrande. Puis il se détendit totalement jusqu'à se fondre dans la pierre, s'offrant sans la moindre appréhension à l'énergie possédante. Et comme à chaque fois, Moe ne sut dire combien de temps avait duré le contact. Lorsque la puissante vibration s'amenuisa jusqu'à s'éteindre, il attendit encore. Il ne rouvrit les yeux que lorsqu'il ne ressentit plus d'autre attraction que celle de son propre poids. Alors seulement il se releva, plus léger qu'un oiseau.
Ses plaies avaient séché et la douleur avait repris son niveau habituel, tolérable.
Il remit ses gants durcis par le soleil et ses bottes moins puantes et alla s'asseoir un moment près du mégalithe qui dominait le marae. Il se laissa encore un moment imprégner par la force et la beauté de l'endroit où, plus que partout ailleurs, il se sentait chez lui. Chacune de ses chasses se terminait ici. Il ne pouvait en être autrement et il en serait ainsi tant que Teuuhua le lui permettrait.
Puis, pleinement satisfait, il rappela ses chiens et, tenant Kevai par la bride, il entreprit de redescendre dans la vallée.
En chemin, il entendit l'avion qui venait de trouver la trouée pour se poser de l'autre côté de la crête. Un jour, il monterait lui aussi dans cet avion et il partirait pour toujours. Il irait loin vers l'ouest jusqu'à l'*Havaiki* et là, il se reposerait enfin, heureux jusqu'à la fin de ses jours. C'est pour cela qu'il faisait toutes ces choses. C'est pour cela qu'il continuait à vivre.

Madame Grüber s'était enduite d'écran total. Après avoir trouvé le panorama splendide et plus sauvage que celui de Bora Bora, elle n'avait pas tardé à s'endormir dans un transat au bord de la piscine à débordement. Vexées par les remontrances polies du maître d'hôtel sincèrement désolé de ne pouvoir accepter les seins nus dans l'établissement, ses filles s'étaient réfugiées dans leur bungalow climatisé. Elles ne le regrettaient pas car les films DVD diffusés en continu sur le réseau privé de l'hôtel étaient excellents et même pas encore à l'affiche à Zurich. Hans Grüber quant à lui était déjà parti en reconnaissance. Après s'être énervé un bon moment pour obtenir la connexion internet sur l'ordinateur personnel du directeur de l'hôtel, il avait enfin pu prendre connaissance de ses e-mail qui étaient rassurants. La galerie d'art Grüber n'avait pas de problèmes particuliers et, si ce n'était un temps exécrable sur Zürich, les affaires de l'entreprise tournaient rond. Il avait pu louer la Land Rover avec chauffeur et guide pour lui tout seul car la famille Grüber était pour toute la semaine la seule clientèle de l'Hôtel. Il n'en espérait pas tant. Il s'était fait conduire sur tous les lieux touristiques des alentours. Il avait écouté poliment le guide en posant les questions d'usage et avait filmé tout ce qu'un touriste était censé filmer. Il avait même commencé à acheter quelques tikis particulièrement bien sculptés dans des bois semi-précieux qu'il se ferait un plaisir d'offrir à ses futurs bons clients. Il avait rapidement compris que son guide n'était pas à craindre et après lui avoir confié son camescope pour qu'il le filmât au musée devant une pâle copie d'un tableau de Gauguin, il s'était senti suffisamment touriste à ses yeux pour lui poser quelques questions plus professionnelles. Il avait bien sûr évité de lui montrer qu'il avait passé plusieurs mois à étudier tout ce qui avait été dit et publié sur les îles Marquises. Le jeune employé aurait été bien désolé de réaliser qu'il en savait si peu sur son propre pays. Lorsqu'en fin de journée il était rentré à l'hôtel, le guide lui avait déjà fourni quelques pistes intéressantes et l'une d'elles s'était tout de suite révélée plus sérieuse. Il avait le flair des vrais professionnels et en éprouvait toujours une immense satisfaction lorsque venait le temps d'en faire usage. Dans ces moments excitants, il se sentait un peu comme un chasseur de grands fauves. Il faisait décidément un métier fantastique et il lui

arrivait même de se laisser aller à croire que l'argent n'était plus qu'un simple détail logistique. Sa fortune évoluant dans la stratosphère virtuelle des capitaux flottants était d'ailleurs bien souvent difficile à évaluer.
Oui, c'était décidé, ce serait d'abord par une visite à ce lépreux qu'il commencerait sa journée du lendemain.

La tribu s'était installée pour plusieurs jours dans la grande maison pour cause de vacances scolaires. Moe aurait dû s'en réjouir puisque cette présence inhabituelle le dispensait d'y faire le ménage et surtout de déranger en passant alentour la tondeuse trop bruyante. Il préférait vraiment travailler la terre, entretenir la bananeraie, soigner le verger et nourrir les animaux ; toutes ces choses qui ne lui renvoyaient jamais une image d'esclave malade et surtout qu'il prenait plaisir à faire. C'était justement ce qu'on lui imposait dans ces périodes agitées où les propriétaires envahissaient les lieux. Et puis, il le savait bien, c'était aussi le moyen de le tenir à l'écart. On préférait ne pas le voir ni le sentir et surtout pas le toucher. On avait même interdit aux enfants de toucher ce qu'il touchait, même si c'était avec ses gants. Il restait donc à sa place, dormant le soir venu avec ses chiens sous les tôles de l'ancien séchoir à coprah, tout au fond du terrain, près de la rivière. Il s'y sentait d'ailleurs très bien et l'endroit aurait paru paradisiaque à bien des humains entassés dans des cages de béton. La rivière toujours claire regorgeait de chevrettes et la tribu ne parvenait jamais à rafler la totalité des fruits et des légumes pour les revendre au village. Il lui restait toujours largement de quoi se nourrir. Pourtant, ce soir là, il avait la haine en lui et ne parvenait pas à trouver le sommeil. Il ne pouvait admettre qu'à peine rentré de la chasse, on lui ait pris ses deux sacs de viande pour fêter la communion solennelle des jumeaux. Ils les entendaient rire et se gaver en buvant copieusement autour du four marquisien. Oh bien sûr, il aurait sa part. Quelqu'un aurait le courage de venir lui apporter quelques restes. Ce serait probablement Hina, la vieille cousine, la plus pieuse de la tribu, la seule qui resterait en état de le faire, n'ayant plus le droit de boire depuis que son foie s'était mis à grossir anormalement.

Alors, pour apaiser ses mauvaises pensées, il était allé déterrer son tiki dans la fosse aux cochons. Ici, personne n'aurait pu le lui voler et il prenait bien garde pour aller à la cache d'attendre la nuit, à l'abri des regards. Comme à chaque fois, il avait lavé le petit dieu de pierre dans la rivière et l'avait soigneusement séché avant de le poser sur sa table en cocotier, devant la bougie. Il regarda un long moment son idole, jusqu'à sentir le calme revenir en lui. Il était fier d'avoir sculpté lui-même ce double de Teuuhua. Et puis, sans vraiment le vouloir, il avait trouvé en le cachant dans la fange le meilleur moyen de lui donner cette parfaite ressemblance. Les acides des déjections des pourceaux avaient au fil des années creusé et patiné la pierre au point qu'il doutait parfois lui-même d'être en présence d'une copie. Mais, il le savait bien, la statuette n'avait pas et n'aurait jamais le mana de Teuuhua. Elle lui apportait cependant beaucoup de réconfort lorsque, comme ce soir, il avait envie de pleurer sur son sort et de disparaître à jamais de cette vie maudite. Il resta ainsi une bonne partie de la nuit dans un long monologue avec le tiki et lorsqu'il sentit enfin le sommeil l'envahir, il retourna l'enfouir dans la souille.

Hans Grüber hésita un instant à descendre de la Land Rover pour parcourir à pieds le chemin qui conduisait à la grande maison des Naiki. De la piste, il pouvait apercevoir le large toit de tôles laquées à une cinquantaine de mètres derrière une luxuriante plantation où s'alignaient des citronniers, des pamplemoussiers et des orangers. La boue et les trous d'eau le rebutaient un peu mais lorsqu'il vit apparaître les chiens qui se ruaient vers lui en aboyant, il décida d'entrer avec le véhicule. Il avait réussi à convaincre le directeur de l'hôtel de lui louer le 4X4 sans chauffeur et se demandait si c'était une bonne idée. Comment un élégant citoyen suisse allait-il être accueilli par ces autochtones isolés dans ce fond de vallée sauvage ? Il klaxonna plusieurs fois devant la maison apparemment déserte ce qui eût pour seul effet d'augmenter l'agressivité des chiens. Non loin de là, il remarqua un trou rectangulaire encore fumant, balisé par une impressionnante quantité de bouteilles vides éparpillées dans l'herbe. Finalement, après avoir demandé en hurlant un bon moment par la vitre à peine entrebâillée s'il y avait quelqu'un, un gros moustachu manifestement tiré de son sommeil vint à sa rencontre en shootant les chiens au hasard. Non il n'y avait pas de fruits à vendre ! Pas d'artisanat non plus ! Encore moins de site archéologique à visiter ici ! Il s'était trompé, au revoir ! Et qu'il ne roulât pas sur l'herbe en faisant demi-tour !

Hans Grüber avait l'habitude de ces situations et n'était pas du genre à démissionner tant qu'il ne se sentait pas en danger. Il commença à noyer l'homme bouffi d'un flot de paroles plus ou moins cohérentes et finit par descendre de l'auto, une bouteille de whisky à la main. Il n'aurait pu espérer effet plus immédiat.

En quelques secondes il apprit que le lépreux vivait bien ici mais qu'il était fou et dangereux. Il était surtout réputé pour être possédé par un mal bien plus grave que sa dégoûtante maladie et on l'avait déjà surpris plusieurs fois à des rituels tabous sur le marae de Teuuhua. Mais puisqu'il insistait et qu'il avait sorti une deuxième bouteille de la voiture, il pouvait aller le voir, tout au fond, près de la rivière. C'était bien entendu à ses risques et périls et il n'aurait personne à qui venir se plaindre si…

Hans Grüber n'écouta pas la mise en garde péremptoire. Il remonta dans son véhicule, fier de lui. Il était sur le sol marquisien depuis à peine 24 heures et il avait déjà découvert ce qu'il s'était donné trois jours pour trouver. Les rituels tabous…Ces mots raisonnaient dans sa tête comme la promesse d'un coup de maître. La galerie

Grüber allait peut-être faire la une des plus grands magazines spécialisés. Il tambourina sur son volant en sifflotant une valse de Strauss, plus excité que jamais.

Moe aperçu la Land-Rover à travers le grillage du poulailler. La tribu avait encore investi dans une voiture neuve ! C'était la troisième en moins d'un an, çà l'étonnait tout de même un peu. Mais quelle corvée allait-on encore lui demander ? Il referma l'enclos après avoir jeté aux volatiles une dernière noix de coco fendue et se cacha pour la forme derrière les planches du clapier où des lapins dévoraient les restes de fruit à pain des festivités de la veille.
Hans Grüber se gara devant l'abri de Moe et enfonça profondément ses mocassins dans la boue en descendant du véhicule. Il resta planté là un moment, cherchant du regard une présence dans ce capharnaüm. Y avait-il quelqu'un ? Il se demandait d'ailleurs si, à part les animaux qui dégageaient une forte odeur de zoo, quelqu'un pouvait vraiment vivre ici. Très étonné, Moe observa sans bouger l'intrus à travers une fente du bois. Une forte odeur d'eau de toilette acheva de dérouter ses pensées. Qui était ce maigrichon à lunettes, d'une pâleur maladive, qui venait souiller ses vêtements de messe ici ? Que voulait-il ? Comment avait-il pu passer le barrage de la tribu ? La dernière visite qu'on avait osée lui faire remontait à plusieurs années et le curé qui était venu ce jour là pour lui ouvrir les portes de son royaume ne s'était jamais permis de recommencer. Finalement, convaincu qu'il y avait erreur, Moe décida de se montrer.
Hans Grüber voulut faire un pas en arrière mais il était ventousé dans la boue et dut s'appuyer au 4X4 pour ne pas s'y étaler.
Le colosse à longue chevelure noire qui venait de surgir à quelques mètres de lui, une machette à la main, avait le torse nu entièrement tatoué et c'était bien la première chose qu'il n'ait jamais vue nulle part ailleurs. « *Kaoha !* » lui lança-t-il d'une voix rauque en le

fixant dans les yeux. Hans Grüber eut le bon sens et surtout le courage de lui renvoyer un timide *« bonjour monsieur ! »* sans s'étrangler.

Madame Grüber et ses filles étaient aux anges. Trois jeunes athlètes marquisiens à peine vêtus de feuilles et d'une beauté stupéfiante dansaient pour elles seules au rythme d'un haut tambour sculpté. Ils émettaient des sons rauques avec leur gorge en se traînant parfois à leurs pieds. Leurs corps luisants et tatoués dégageaient une forte odeur de santal et les deux filles n'osaient même plus lever les yeux sur eux lorsqu'ils se mettaient à sauter en rythme, jambes écartés, suggérant à deux mains une puissance virile invisible qu'ils bloquaient haut vers elles à coups de reins, incendiant leurs fantasmes d'adolescentes comme jamais.

Hans Grüber s'était déjà retiré dans son bungalow. Il n'avait pas de temps à perdre. Il avait bien du mal à rester connecté au Net décidément très instable dans cette île perdue. Il avait tout de même pu noter que la planète comptait encore près de six millions de lépreux et que le bacille de Hansen, s'il était pris à temps, se neutralisait facilement avec la Sulfone. Il était très rarement contagieux et nullement héréditaire et les lésions irréversibles qu'il entraînait pouvaient maintenant être traitées par la chirurgie orthopédique.

Le marchand d'art était serein. Sa technique de travail était parfaite et son plan était maintenant infaillible. Le lépreux était finalement un pauvre bougre certes rustre mais d'une gentillesse attachante. Ils avaient parlé longuement dans sa cabane en mangeant des gros quartiers de pamplemousse juteux et le brave bonhomme avait accepté sans cacher son enthousiasme de le conduire sur le marae de Teuuhua. Il avait semblé très surpris qu'on puisse avoir envie de visiter un site que tout le monde ici évitait prudemment et il l'avait bien prévenu de la puissance du mana qui s'en dégageait. Et puis qu'y avait-il de suspect à vouloir filmer cet endroit pour illustrer ses conférences à la faculté de Genève. Il aurait au moins des images authentiques et ne tromperait pas son public. Ils partiraient tôt le lendemain. Mais il l'avait bien mis en garde, la marche serait longue et le retour ne se ferait pas le jour même ! Et puis il le paierait bien et Moe n'avait pas si souvent l'occasion de toucher quelques billets.

      Il leur fallut près de six heures pour atteindre le marae. Hans Grüber avait eu bien du mal à suivre le rythme de l'infirme qui l'avait souvent attendu en souriant et il était bien heureux de savoir qu'il n'aurait pas à refaire le chemin le jour même. Il avait tout filmé dans les moindres détails, s'attardant plus particulièrement sur cet étrange mégalithe dont personne ne lui avait parlé. Moe n'avait fait aucun commentaire. Il lui avait seulement demandé de ne jamais le filmer. Il ne voulait pas voir sa propre image et encore moins la savoir exhibée dans ses montagnes suisses qui devaient être si pures. Hans Grüber avait courtoisement respecté ce souhait. Hans Grüber avait été jusqu'alors vraiment parfait.
Ce ne fût qu'à la tombée de la nuit que le marchand d'art montra son vrai visage. C'est en cherchant ce qu'un homme cache qu'on peut apprendre qui il est vraiment.
Moe lui proposa la racine la plus confortable du banyan pour dormir. Ce fût le moment qu'il choisit pour sortir son whisky. En lui tendant la bouteille, Hans Grüber ne s'attendait à pas à une telle réaction. Moe se tétanisa, littéralement hypnotisé par le flacon aux reflets dorés. Non, il ne pouvait pas boire, surtout pas. Il avait cessé depuis longtemps après avoir failli en mourir plusieurs fois. Il le remerciait mais vraiment, ce n'était pas une bonne idée. Moe débita ensuite tout un flot de paroles que Grüber ne comprit pas car il s'était mis à parler en marquisien. Et puis, toujours en déblatérant mais cette fois les larmes aux yeux, il céda et tendit la main vers la bouteille.

Dans son délire qui dura plus d'une heure, Moe fut souvent incohérent et parla beaucoup dans sa langue natale. Hans Grüber, le ramenant sans cesse à une semi-conscience par des questions précises, finit tout de même par savoir ce qu'il voulait.
Le lépreux était orphelin. L'alcool avait tué son père et la lèpre sa mère. Il était de la tribu des Atimataoi et avait été élevé par son grand-père, le dernier *tau'a* du clan. Peu avant sa mort, l'aïeul lui avait confié Teuuhua qu'il avait longtemps gardé dans un lieu secret pour éviter que leurs ennemis, les Naiki, le prennent pour le détruire. Il lui avait demandé de ne le remettre à sa place qu'après la mort de son rival, le terrible Hiva. Et cette place était juste ici, sous la dalle centrale. Il était depuis ce temps le gardien du dieu. Teuuhua était bon et puissant et Moe s'était toujours acquitté de sa mission sans le moindre manquement. Teuuhua aurait pu le tuer dans l'instant mais il l'avait au contraire toujours protégé. Il l'avait même toujours laissé jouir de son droit de chasse. Teuuhua était bon et puissant ! Teuuhua était bon et puissant…

Hans Grüber prit une journée entière pour rassembler discrètement le matériel nécessaire. Tout allait bien pour lui si ce n'étaient des terribles courbatures qui l'obligeaient à marcher comme un vieillard sous les railleries de ses filles. Il n'y avait pas lieu de se précipiter. Surtout pas ! Le lépreux était neutre. Il s'était réveillé de sa beuverie sans trop de souvenirs précis et Grüber avait fait mine d'être dans le même état, innocent. Leur retour dans la vallée avait fait l'objet de glissades incontrôlées et de franches rigolades, surtout lorsqu'il avait pulvérisé ses lunettes en se vautrant dessus lors d'une chute mémorable. Ils étaient même peut-être amis.
Il partirait en milieu d'après midi et ne sortirait le pied de biche caché sous son siège qu'à l'abri des regards, en début de marche. Tout ce côté sportif n'était pas pour lui déplaire. C'était moins ennuyant que le jogging et tellement plus excitant. Il se gava tout

de même de multivitamines avant le départ et fit savoir à tout le monde qu'il partait pour Puamau et qu'il y dormirait à la belle étoile, ce qui acheva de parfaire sa réputation d'original aux yeux du personnel de l'hôtel.
Il retrouva le site sans trop de problèmes. Il suffisait de suivre la crête en prenant toujours à gauche lorsqu'elle se séparait en deux. Il y arriva juste avant la nuit.
Cette fois il était seul et l'heure n'était plus aux faux-semblants. Il lui fallut une bonne heure pour dégager la dalle avant de la soulever, en la calant progressivement, avec le petit cric hydraulique de la Land Rover. Il n'eut pas à creuser très profond ni même inutilement. Le tiki était exactement au centre du rectangle de la dalle, à moins d'un mètre de profondeur. Une petite merveille d'une vingtaine de centimètres qui aurait fait pâlir de jalousie tous les huaqueros d'Amérique centrale qu'il connaissait. Il redescendit presque en courant à la lueur de sa puissante torche électrique, heureux comme jamais. La petite sculpture pesait pourtant bien lourd dans son sac. Il eut même par moment l'impression qu'elle allait en déchirer le fond. Elle l'entravait étonnamment plus que tout son matériel réuni. Mais, pragmatique avant tout, il mit cette sensation sur le simple compte de la fatigue.

Moe avait posé la bouteille à côté de son tiki toiletté de près. En traversant le liquide la lumière de la bougie jetait des reflets ambrés sur la sculpture. Il sentit de nouveau les larmes monter et demanda honteusement pardon à son fétiche. Puis il empoigna la bouteille pour y boire au goulot.
Hina le trouva un peu plus tard, affalé sur la table en cocotier. Elle le crût mort. Et puis elle reconnut Teuuhua dans la lueur de la bougie presque éteinte. Elle lâcha le plat de poisson et s'enfuit en hurlant.

Hans Grüber se réveilla plus vermoulu que jamais après quelques heures d'un sommeil cauchemardesque. Au grand dam des femmes qui commençaient à bien se plaire ici, il fit avancer son départ au premier avion, prétextant un appel urgent de Zürich. Et puis, et ce n'était pas un faux prétexte, il ne se sentait pas très bien et voulait quitter au plus vite ce climat devenu soudainement très oppressant pour ses bronches au bord de la crise d'asthme.
Le guide vint le trouver à sa table, au petit déjeuner. Il avait un tuyau très intéressant pour lui. De source sûre, le lépreux était en possession d'un véritable tiki. Le fameux Teuuhua. On l'avait surpris chez lui cette nuit, en plein rituel. C'était du sérieux !
Il ne fallut que quelques secondes à Grüber pour tout comprendre. Cet éclat malicieux qu'il avait surpris à plusieurs reprises dans le regard du lépreux n'était donc pas une fausse intuition. Moe l'avait dupé, lui, le grand Grüber. Il en avait le souffle coupé. Il était même presque admiratif devant un tel génie caché et si ce n'était la profonde vexation qu'il sentait monter en lui, il en aurait presque souri.

Il passa devant la maison des Naiki sans même prendre le temps d'un arrêt de courtoisie. Il repéra immédiatement l'infirme dans la bananeraie et embourba le véhicule en voulant le rejoindre en trace directe. Il lui fallut passer en quatre roues motrices et labourer un bon moment le sol pour atteindre son but. Moe observa cette incohérente manœuvre avec appréhension. Il avait une épouvantable migraine et se serait bien passé de la visite du professeur. Il avait tellement peur de se laisser à nouveau tenter par le terrible poison qui lui brûlait encore les entrailles qu'il aurait presque préféré ne jamais revoir l'étranger.
Hans Grüber jaillit littéralement de l'auto et se précipita vers lui en gesticulant. Il tenait un objet apparemment très lourd qu'il brandissait vers lui comme s'il était brûlant.

Moe sentit la présence de Teuuhua avant même de le reconnaître. Il se figea dans l'instant, ne pouvant plus prononcer un mot ni même formaliser la moindre pensée.

Hans Grüber fut piteux et pour la première fois de sa vie, Moe éprouva plus de dégoût pour quelqu'un d'autre que lui-même. Il l'implora, le traitant de grand guerrier habile, de puissant sorcier rusé et de tas d'autres niaiseries qui le laissèrent de marbre. Il ne comprit réellement ce que voulait cet ignoble traître que lorsqu'il lui tendit à deux mains une impressionnante liasse de billets en même temps que Teuuhua. Alors, sans trop encore mesurer la réalité des choses, il fit ce que l'homme lui implorait maintenant à genoux dans la boue. Il alla dans la souille. Il enfonça son bras profondément dans la fange, ignorant le regard minable rivé sur lui. Il en sortit sa sculpture et prit le temps d'aller calmement la laver à la rivière, certain qu'il ne la reverrait jamais. Et puis, toujours sans un mot, il tendit l'objet à l'autre qui s'était mis à pleurer en le remerciant pour son infinie bonté et sa grande compréhension.

Lorsque Hans Grüber eut définitivement disparu de sa vue, et alors seulement, il osa regarder Teuuhua posé dans l'herbe à côté de la liasse de billets.

Les Terres rouges

Mon nom est Peiutaakoe, la fleur sans épine, mais on m'appelle Peiu. J'ai eu 30 ans à l'aube du cinquième jour du troisième millénaire et des événements que je relate ici, je ne fus qu'un témoin parmi d'autres, plus conscient peut-être de leur cause que la plupart des gens de ma vallée, mais aussi impuissant devant leur ampleur. Je ne suis pas écrivain. Ma seule véritable passion est la danse et il y a encore peu de temps, j'aurais traité de fou quiconque aurait prédit que j'écrirais un jour cette étrange histoire qui m'obsède jour et nuit. A présent je n'ai plus d'autre choix que de tout consigner sur le papier pour ne plus supporter seule le poids de la vérité et peut-être aussi pour m'en libérer et retrouver le sommeil. A dire vrai, je ne me serais jamais cru capable d'aligner autant de phrases pour en faire un texte cohérent et lisible. Comme la plupart des femmes marquisiennes de mon âge, mon éducation s'est limitée au niveau du brevet que j'ai obtenu par je ne sais trop quel quota ministériel au collège Sainte Anne à Hiva Oa. De ces années douces amères dans le sérail autoritaire des Sœurs de Cluny, je garde le souvenir d'une longue attente peuplée de rêves adolescents et ponctuée de vacances toujours trop courtes auprès des miens dans ma vallée perdue. Je ne dois mon audace littéraire qu'à une fabuleuse rencontre dont je remercie encore le ciel aujourd'hui. Une rencontre qui m'a fait devenir la femme que je suis et par laquelle commence cette histoire.

C'était l'année de mes dix huit ans. Je végétais depuis presque deux ans dans une vie qui me semblait être la seule voie tracée par le destin. J'aidais ma mère à élever mes frères et mes sœurs, partageant mon temps entre les interminables tâches ménagères et la fabrication des tapas que nous vendions aux rares touristes de passage pendant que mes deux frères aînés pêchaient ou chassaient pour nourrir la famille. Je ne savais pas encore que je serais capable un jour de lire des livres où j'apprendrais par exemple que celui qui ne dispose pas de deux tiers de son temps en liberté pure pour son propre usage est un esclave. Mon père était parti pour Tahiti lorsque j'avais huit ans et j'en garde le souvenir flou d'un homme silencieux et fatigué par la maladie. Il ne nous a jamais écrit, mais comment l'aurait-il pu puisqu'il était totalement illettré. Je n'ai appris sa mort que plusieurs mois après son enterrement. Ma mère d'une pudeur extrême est toujours restée silencieuse à son sujet et, aujourd'hui encore, il reste un père absent dont je ne garde que quelques rares et fugaces souvenirs. La seule image précise encore intacte dans ma mémoire fait partie de celles qui me hantent aujourd'hui. Je devais avoir sept ans, peut-être huit, et je me revois trottinant à ses côtés lors d'une longue promenade qui prend aujourd'hui une dimension initiatique insaisissable pour l'enfant que j'étais. J'ai à présent la conviction que, sachant ses jours comptés, il lui fallait me transmettre son message, même si je ne devais le comprendre que vingt ans plus tard. La seule chose dont je doute encore est la raison pour laquelle il m'a choisie moi plutôt que mes frères aînés. Ce jour-là nous avions marché pendant plusieurs heures pour atteindre les Terres Rouges, un plateau de latérite désertifié par les chèvres et les moutons, tranché net par une falaise vertigineuse à l'extrême sud de l'île et dévasté de profondes ravines sans cesse recreusées par les fortes pluies. Je me souviens de sa large main serrant fermement la mienne pour m'interdire l'approche du précipice. Là, assis sur un gros rocher plat, nous avions longuement contemplé l'immensité du Pacifique se perdant dans le grand Sud. Aujourd'hui je parlerais de méditation mais ni lui ni moi n'en connaissions le sens et encore moins l'existence. Il était resté immobile et silencieux pendant de longues minutes qui m'avaient semblées des heures, attendant patiemment l'apaisement de mon agitation enfantine. Et puis, pour la première et la dernière fois de sa vie, il s'était mis à me parler. Il avait employé des mots simples et des images faciles que j'ai toujours gardés dans ma mémoire tels qu'il me les avait livrés. Je n'ai compris leur sens profond que bien plus tard. Le message pourrait se résumer ainsi : il y avait très longtemps, mes ancêtres étaient arrivés sur de grandes pirogues. Ils venaient d'un pays lointain, bien au-delà de l'horizon, là où le soleil se couche. Ils avaient peuplé nos îles, le Fenua Enata, la Terre des Hommes, et j'étais leur descendante. Certains d'entre eux avaient continué le voyage en remontant contre le vent de Sud Est. D'autres avaient pris la direction d'Orion, vers le Nord. Notre peuple n'était donc pas isolé sur les îles polynésiennes. Il vivait dans le grand triangle délimité par La Nouvelle Zélande, l'île de Pâques et Hawaï. C'était l'âge d'or du peuple Maori dont je fais aujourd'hui partie.

Cette leçon d'histoire m'a bien sûr été répétée maintes fois à l'école mais, venant de mon père aujourd'hui disparu, tout comme ce rocher sur lequel nous étions assis, elle avait donné un sens profond à mes origines, faisant germer en moi une conscience critique à l'égard des puissants de ce monde et de leurs façons de se l'être partagé. Je ne savais pas encore qu'elle m'inciterait à vivre plus de dix ans loin de mon île.

J'en reviens donc à l'année de mes dix huit ans et plus particulièrement aux festivités de Juillet durant lesquelles Jacques et Alice sont entrés dans ma vie. Je crois que je n'ai jamais si bien dansé que cette année-là. La souplesse de mes dix huit ans et la maturité de mon corps devenu adulte avaient fait de moi la reine des danseuses et je me souviens encore de cette danse de l'oiseau durant laquelle j'étais devenue véritablement aérienne. Les plumes de mon costume devenues partie intégrante de mon corps, je volais au rythme des tambours et de mes battements d'ailes. Je ne touchais plus le sol. J'avais la grâce.

Alice avait fait ce jour-là des dizaines de photos de moi. J'ai encore celle où je semble vraiment voler, mes pieds nus largement décollés du sol et le visage illuminé par un sourire d'extase. Jacques qui devait avoir à l'époque dans les cinquante sept ans m'avait un jour avoué qu'en me voyant danser ainsi, il était tombé fou amoureux de moi et qu'il lui avait fallut plusieurs jours pour revenir à la raison et à la paix des sens.

On l'aura deviné, ma fabuleuse rencontre fut donc avec ce couple. Jacques et Alice allaient devenir mes parents spirituels, mes guides, mon ouverture sur le monde, le soupirail qu'il fallait à mon âme sédentaire. En ce début juillet, après une traversée paisible depuis les îles Galapagos, l'Anaïs, leur superbe ketch noir, avait jeté l'ancre dans notre baie. Il n'était censé y rester que quelques jours avant de continuer le voyage mais c'était compter sans l'envoûtant parfum de mon île, sans la puissance attractive de ses pitons rocheux et de ses draperies basaltiques tombant à pic dans le bleu profond de l'océan. C'était ignorer la sensualité sauvage de nos danses qui mettent le feu dans le regard du plus blasé des voyageurs. Alors l'Anaïs était resté. Les semaines et les mois avaient passé jusqu'à l'arrivée de la saison des cyclones lui interdisant alors de reprendre la mer avant l'année suivante. Acceptés à l'unanimité pour leur gentillesse et leur discrétion, Jacques et Alice étaient devenus des habitants le jour où ils s'étaient portés acquéreurs d'une petite parcelle de terre non loin de la plage. Ils avaient décidé de revenir vivre leur vieillesse ici, lorsque leurs forces ne leur permettraient plus de naviguer. C'était faire beaucoup d'honneur à notre petite communauté et pas un des plus de vingt ans de mon village n'avait oublié ce couple voyageur différent des autres.

Alice avait passé une bonne partie de sa vie à enseigner la philosophie dans une université parisienne. Ce fut elle qui me donna le goût des livres. La bibliothèque de l'Anaïs était un fantastique havre de plaisir et de savoir et je crois bien y avoir passé plus de temps que partout ailleurs sur le bateau. Dès que le couple eut pris la décision d'une escale prolongée à Fatu Hiva, Alice manifesta le désir d'écrire un livre sur notre île qui a toujours indéniablement provoqué une puissante impulsion créatrice chez les artistes en tout genre. Elle n'a jamais oublié la réponse de ma grand-mère à qui elle avait confié son projet, peut-être dans l'espoir de trouver en ma vieille *Mamau* une source d'inspiration et de renseignements. *« Si tu restes un jour, tu écriras un livre, si tu restes un mois, tu écriras une lettre et si tu restes un an, tu n'écriras rien du tout ! »* lui avait-elle assuré en souriant. Et de fait, Alice n'avait jamais écrit la moindre ligne sur son séjour marquisien.

Jacques avait les plus beaux yeux du monde. Il portait dans le regard tous les bleus du ciel et de l'océan réunis. Sa barbe grise toujours naissante, sa démarche digne et la noblesse de ses idées faisaient de lui un homme à la fois attirant et respecté. Son concept de la liberté tenait en quelques mots qui jetaient parfois une odeur de soufre dans les conversations : « *seul est libre celui qui n'a rien à espérer ni rien à craindre* » se plaisait-il à me répéter lorsque je me laissais envahir par le mal du pays. Il était le père spirituel dont je n'aurais jamais osé rêver. Lorsqu'il me proposa, quelques semaines avant le départ de l'Anaïs, d'embarquer pour une croisière vers les îles de la Société, j'ai cru à un conte de fée. Je ne savais pas encore que j'allais passer près de dix ans à ses côtés, à bord de son bateau.

Contre toute attente, ma mère ne s'opposa nullement à mon départ, pas plus que mes frères ou ma grand-mère. Tous étaient unanimes pour y voir une formidable chance à saisir, une occasion qui ne se reproduit pas deux fois dans une vie. Bien sûr, tous avaient raison sur ce point mais aucun ne pouvait deviner la durée de mon absence. Seule peut-être Mamau savait qu'elle ne me reverrait jamais. Le jour du grand départ, son étreinte d'adieu m'avait inondée d'une telle quantité d'amour que son évocation me tire encore aujourd'hui des larmes d'émotion.

Bien que la mémoire ait naturellement tendance à effacer les mauvais souvenirs, les deux ou trois premiers jours de mon voyage à bord de l'Anaïs y restent gravés comme mon pire cauchemar. Ma cabine qui, dans la quiétude du mouillage, m'était apparue comme un nid douillet sorti d'une maison de poupée s'était vite transformée dans les grandes houles croisées du large en tambour de machine à laver. J'avais passé la première nuit à vomir et à souffrir de n'avoir plus rien à expulser de mon estomac. Vidée de toute substance et sans la moindre volonté, j'avais pleuré toutes les larmes de mon corps, grelottant et transpirant sur ma couchette moite et luttant contre les terribles angoisses qu'Alice parvenait à peine à calmer en m'assistant patiemment avec son seau, son linge mouillé et ses paroles rassurantes. Je me souviens encore de la première gorgée de thé chaud et du goût de cette banane que j'avais pu avaler au matin du troisième jour. C'était Jacques qui m'avait arraché mon premier sourire en me voyant sortir en zombie sur le pont : « *alors marin, c'est à cette heure-ci qu'on se lève ?* » m'avait-il lancé en levant les filets d'une dorade coryphène pêchée au petit jour. Et c'était la douche à grands seaux d'eau de mer qui m'avait redonné goût à la vie. Après cela, le mal de mer ne devait plus jamais m'importuner.

    Mon propos n'est pas ici de retracer mes années de voyage à bord de l'Anaïs car c'est un livre qu'il me faudrait alors écrire. Seules trois escales sont déterminantes pour comprendre la réalité des événements qui bouleversèrent mon village peu de temps après mon retour. Trois escales clés intimement liées aux paroles de mon père lors de notre périple aux Terres Rouges. La première eut lieu lors des premiers mois du voyage. On l'aura deviné, les îles de la Société qui devaient être le terme de ma croisière se transformèrent pour moi en véritable grand départ. Je n'avais pas plus envie de quitter le bateau que Jacques et Alice ne souhaitaient me voir partir. Je m'y sentais chez moi et qui plus est, j'avais contracté ce virus du grand large qui donne à l'océan cet irrésistible attrait, ce sentiment de pure liberté à laquelle même la danse ne m'avait jamais permis d'accéder. Mon capitaine qui m'avait très vite laissée barrer son bateau en toute confiance ne s'y était pas trompé et il lui avait suffit d'une phrase pour me convaincre de rester : «*dis-moi Peiu, ça ne va pas être facile de retrouver un marin comme toi !*» m'avait-il confié d'un air embarrassé. Je savais bien qu'il n'avait pas besoin d'un équipier pour continuer le voyage et nous éprouvions confusément tous les trois ce même besoin profond de vivre d'autres choses ensemble. Le jour même, j'avais écrit une longue lettre à ma mère dans laquelle je lui expliquais les mille et une raisons de prolonger mon escapade. Je l'avais postée à Huahine quelques jours avant notre départ pour la Nouvelle Zélande. Des lettres comme celle-là, elle allait en recevoir des dizaines d'autres et de tous les coins du globe. Je sais aujourd'hui qu'elles lui ont procuré autant de plaisir que de chagrin.

Notre arrivée à Auckland me fit à plusieurs titres l'effet d'une douche glacée. Je ne connaissais jusqu'alors que la douceur des alizés et j'ai réellement compris ce qu'était la navigation en eau froide sous des latitudes moins clémentes lorsque nous avons essuyé ce qui fut ma première tempête. Aucune autre ne devait plus m'impressionner comme celle-là. J'y ai appris que le vent savait aussi hurler. J'ai vu l'Anaïs transformé en jouet, refusant de lutter contre les vagues et nous obligeant à fuir pendant presque deux jours. J'ai surtout vu, et ce fut heureusement la seule fois, ses vingt tonnes d'acier se coucher sur une mer blanche et se laisser recouvrir par cette vague énorme de celles qu'on ne négocie pas. Ce jour-là, les yeux remplis de sel et d'humilité, j'ai compris tout le respect que je devais à cet océan qui nous tolérait.

L'autre enseignement me vint du pays en lui-même. La Nouvelle Zélande est sans conteste un pays magnifique avec des paysages de côtes, de lacs, de volcans bouillonnants et de montagnes grandioses. Certes, j'y ai vu la neige et les glaciers pour la première fois de ma vie mais c'était avant tout mes frères maoris que je souhaitais rencontrer. Le premier devait peser dans les cent kilos. Le crâne rasé et les yeux cachés par des lunettes noires, il était en train de voler une voiture en plein centre d'Auckland devant une foule de passants blancs prudemment indifférents. Le grand Aotearoa découvert par mes ancêtres n'était donc devenu que cet avant-poste de l'empire britannique où les maoris n'avaient plus leur place ? La réponse m'apparut vite comme une évidence, les chiffres parlant d'eux-mêmes. Retranchée dans les ghettos des banlieues, la population maorie s'élevait à moins de dix pour cent de la population néo-zélandaise. Elle formait la couche sociale la plus défavorisée avec des taux toujours croissants d'illettrisme, de mortalité infantile, d'échec scolaire et de criminalité. Il me fallut attendre plusieurs semaines avant de faire la rencontre tant espérée. Elle eut lieu bien loin de l'agitation d'Auckland, au sud de l'île du Sud, en mer de Tasman. Milford Sound, un fjord grandiose d'une beauté majestueuse nous offrit un havre de paix inoubliable pendant près de deux mois. J'y fis la rencontre de Takawe et de sa famille qui nous accueillirent dans leur ferme en véritables frères et sœurs. Ici, la terre avait légalement été rendue aux maoris désireux de l'exploiter et Takawe avait sans aucune hésitation abandonné la banlieue d'Auckland pour venir s'installer quelques 2000 kilomètres plus au sud, chez lui. C'était une poignée de cette terre qu'il m'avait mise dans la main peu de temps avant notre départ. Les mots qu'il avait eus alors résonnent aujourd'hui dans ma tête de toute leur force : « *prends cette terre et porte-là sur la tienne, elle lui donnera plus de poids et plus de puissance !* » m'avait-il déclaré comme s'il me chargeait d'une mission. J'avais accepté son cadeau avec tout le respect de la valeur symbolique qu'il se devait. J'ignorais alors qu'il allait bouleverser ma vie au point de me persuader que c'est le Ciel qui a inventé les problèmes et l'Enfer les solutions.

Les années qui suivirent furent une suite ininterrompue de rencontres et de découvertes rythmées par de longues et délicieuses errances océanes durant lesquelles je lisais avec un appétit boulimique tous les livres qu'Alice me proposait et me commentait. La richesse de notre relation de maître à élève me fait dire aujourd'hui avec certitude que je n'ai pas fait un voyage mais que c'est le voyage qui m'a faite. Ma capacité à oser écrire ces lignes en est la preuve irréfutable. J'en étais même arrivée à associer les auteurs avec les mers et les océans, une fantaisie de mon esprit qui amusait beaucoup Alice. Pour n'en citer que quelques-uns, Loti, Kerouac, London, Irving étaient les écrivains du Pacifique, Baudelaire, Rimbault, Hugo, Verlaine, ceux de l'Indien, Durrell, Maupassant, Céline et Krishnamurti, ceux de la Mer Rouge, Platon, Gide, Gary et Nietzsche étaient méditerranéens et Zola, Montaigne, Vian et Spinoza ceux de l'Atlantique. J'ai adoré me trouver sur l'eau en leur compagnie, entourée uniquement de ciel, de lumière, d'étoiles et de l'immensité de l'air vide. Peu de plaisirs peuvent égaler le spectacle de cette écume phosphorescente que laissait le sillage de l'Anaïs dans ses navigations nocturnes, me sortant parfois de longs moments le nez de mes lectures. Les escales, quant à elles, étaient toujours suffisamment longues pour me laisser le temps de m'en imprégner. J'y ai rencontré mes amis et mes amours. Et partout, sur toutes les musiques du globe, j'y ai dansé aux étoiles. Les nuits de samba du carnaval de Rio, la mélancolie des saudades capverdiennes, les rythmes éphémères d'Ibiza, les biguines endiablées des Antilles ou la sensualité des salsas cubaines sont entrés dans mes veines comme une drogue. Mais ce fut aussi au contact de tous ces peuples que je pris réellement conscience de la terrible dualité de notre Terre. C'était comme si je découvrais l'existence de deux planètes parallèles, celle du nord, plus riche, plus démocratique, plus libre et plus prospère et celle du sud aux métropoles tentaculaires cernées de bidonvilles gigantesques, s'appauvrissant à mesure de sa fécondité débridée. J'ai compris que tôt ou tard, le Nord devrait prendre conscience de son Sud, qu'il était urgent de cesser de le considérer comme un poids mort vaguement exotique. J'ai su qu'il devrait réaliser au plus vite que la planète d'en bas faisait partie de son propre corps faute de quoi il allait très bientôt lui falloir vivre sa déliquescence comme une gangrène ou pire, comme une mutilation.

Les portes du canal de Panama se sont ouvertes sur le Pacifique comme celle de ma propre maison deux ans avant mon véritable retour au fenua. Jacques qui s'était toujours montré soucieux de ne pas m'imposer une trop longue absence de mon île m'avait alors à nouveau proposé un retour en avion. Et une nouvelle fois, trop heureuse de lui confirmer mon amour pour la vie de rêve qu'il m'offrait, j'avais refusé. Il faut dire qu'à cette époque l'idée de boucler intégralement mon tour du monde sur l'Anaïs avait pris un sens profond que quelques heures d'avion auraient indéniablement gâché. Je ne savais pas encore que la dure réalité de la vie m'obligerait pourtant à renoncer à cet achèvement symbolique.

L'Alaska était au programme de notre voyage. Elle fut l'escale la plus froide et la plus lumineuse de notre longue route. J'avais appris depuis bien longtemps que pour rester confortable et sécurisante, la navigation à la voile emprunte rarement le plus court chemin et c'était l'oublier que d'imaginer remonter la côte américaine à sauts de puce. Les courants et les vents contraires nous imposaient un long détour par Hawaii, ce qui n'était pas pour me déplaire. J'aperçus le sommet du Grand Triangle polynésien cher à mon père plus de deux jours avant notre arrivée. Le Mauna Kea, le plus puissant volcan actif du monde, nous guida à vue sur plus de trois cent miles et je vois encore dans le regard de Jacques cette fascination quasi hypnotique qu'exerçait sur lui ce cône de lave fumant de plus de quatre mille mètres : *« regarde çà Peiu, essaye d'imaginer sa base, à six mille mètres de fond, et tu auras devant toi ce que la nature a fait de plus fou ! »* J'aimais par dessus tout ces moments d'émerveillement où nous n'étions plus que trois enfants vibrant à l'unisson devant le spectacle du monde.

Avec ses dix millions de visiteurs annuels, Hawaii m'a donné l'impression de me plonger dans le plus grand marché touristique du monde. Une gigantesque pompe à dollars gardée par quelques cent mille militaires affichant beaucoup trop à mon goût la puissance américaine. Notre trop courte escale ne m'a pas laissé le temps de rencontrer le moindre descendant du peuple de la reine Liliuokalani, mais en existait-il encore un ? Je n'ai cependant pas voulu quitter l'archipel sans emporter ce petit morceau de lave ramassé au pied du Mauna Kea et que j'avais précieusement rangé avec le petit sac de terre de Takawe.

L'Anaïs hiverna en Alaska pendant de longs mois qui me parurent souvent interminables dans une baie protégée de l'île Kodiak. Irrémédiablement allergique au froid, je crois bien y avoir lu plus de livres que dans toutes les autres escales réunies. Je passais mon temps blottie près du petit poêle à fuel que Jacques avait eu tant de mal à trouver à Honolulu. Je dois cependant avouer que ce fut la région qui me donna les plus belles images de mon voyage. Les randonnées à ski de fond dans le silence des immensités blanches et bleues du Yukon me laissent encore aujourd'hui une impression de pureté cristalline d'une beauté étincelante.

Nous quittâmes définitivement le grand froid avec l'arrivée du printemps et, après une escale attachante à Sausalito en baie de San Francisco, l'Anaïs mit le cap sur l'île de Pâques. Les interminables calmes plats ne nous permirent d'atteindre Rapa Nui qu'après quarante cinq jours de mer, ma plus longue et plus paisible navigation. Ce fut aussi, mais je l'ignorais encore, la dernière.

J'ai tout de suite retrouvé mes racines chez les Pascuans et la danse y a bien sûr beaucoup contribué. Pour la première fois depuis bien des années je retrouvais dans le rythme des tambours le déhanchement naturel de mon corps. Comme il se devait j'avais dansé plus que de raison, jusqu'à me rassasier. J'avais dansé trois nuits durant, totalement submergée de bonheur. J'avais dansé sans voir que Jacques souffrait et qu'il n'avait déjà plus la force de me voir. Le terrible mal qui le rongeait secrètement depuis plusieurs mois venait de prendre le contrôle de son énergie et avec lui, la souffrance donnait ses premiers assauts. Il dut prendre en urgence un avion pour Paris et bien sûr Alice l'accompagna. Bien qu'ignorant la gravité réelle de son état de santé, les dernières paroles qu'il eut pour moi furent les seules qui me firent jamais pleurer. Il me laissait la garde de l'Anaïs mais comme il se disait ne pas être tout à fait certain de la durée de son absence, il me laissait aussi l'argent nécessaire pour rentrer aux Marquises en avion. Je ne réalisai vraiment la gravité des choses que lorsqu'il me légua la parcelle de terre qu'il avait achetée dans mon île : « *prends en soin et construis-y un petit faré avec une chambre d'amis pour nous héberger dès que je serai guéri* » m'avait-il alors confié d'un ton tout à fait rassurant. Je reste convaincue qu'il était sincère et farouchement déterminé à se battre. Alors, persuadée que les mots façonnent la pensée plus qu'ils ne la reflètent et pour lui donner encore plus de force dans son combat, je l'avais cru.

Je suis restée cinq semaines à attendre, partagée entre l'inquiétude et le chagrin. L'Anaïs était désormais devenu une coquille vide dans laquelle aucun livre ne suffisait plus à combler l'écrasante solitude qui me rongeait de jour en jour. Seules les longues promenades à cheval avec mes amis pascuans le long des côtes déchiquetées de l'île me permettaient de garder l'espoir de voir revenir Jacques et Alice. Il m'arrivait même de trouver dans le regard des *moai* les signes précurseurs de leur retour mais la phrase préférée de mon capitaine absent me ramenait alors irrémédiablement à ma liberté solitaire : « *seul est libre celui qui n'a rien à espérer ni rien à craindre* » J'aurais voulu alors qu'il ne l'eût jamais prononcée.

J'ai quitté Rapa Nui quelques jours après avoir reçu cette terrible lettre dans laquelle Alice m'annonçait l'hospitalisation à long terme de Jacques. Un post-scriptum sans appel précisait que l'Anaïs allait être vendu et qu'il était préférable pour moi de rentrer aux Marquises où ils me rejoindraient dès que possible. Je n'emportai qu'un seul livre dans mon maigre bagage, le premier de mes innombrables lectures, le Petit Prince de Saint Exupéry, mon fétiche. Avec le morceau de lave du Mauna kea j'avais aussi glissé, dans le petit sac de terre de Takawe, un éclat d'obsidienne, une roche magmatique fort abondante sur l'île.

La joie de retrouver les miens à Fatu Hiva fut intense mais de courte durée. *Mamau* n'était plus de ce monde depuis plusieurs années. Ma mère, bien que toujours active, avait terriblement vieilli et mes frères aînés étaient partis faire leur vie à Tahiti. Mes petites sœurs étaient devenues des femmes et j'avais désormais deux neveux et trois nièces. Tous voulaient m'entendre raconter ma longue histoire mais aucun ne s'y intéressait vraiment plus de quelques minutes, trop occupés à ces mêmes tâches qui m'accaparaient tant quelques dix années auparavant. Tous avaient changé et pourtant tout me semblait immuable et tellement petit. Etais-je moi-même transformée au point de ne plus retrouver ma véritable appartenance au groupe ? Je me suis souvent posé la question sans jamais oser formuler clairement l'évidente réponse. La seule certitude qui m'habite encore aujourd'hui est celle de recommencer sans la moindre hésitation si tout cela avait été à refaire.

Mais le véritable choc qui écourta la liesse des retrouvailles et me plongea dans un terrible désarroi dont seul l'incroyable événement qui s'en suivit pouvait me sortir eut lieu lorsque je découvris ce qu'était devenu le terrain de Jacques et Alice. Je crois bien être restée pétrifiée pendant plusieurs minutes devant le spectacle cauchemardesque et l'effroyable puanteur des lieux. Des tonnes d'immondices avaient été entassées ou plutôt éparpillées à même le sol. Des centaines de sacs poubelles éventrés par les chiens et les rats, des carcasses de réfrigérateurs et de machines à laver, des monceaux de bouteilles cassées, des fûts, des batteries de voiture, des papiers et des cartons, des couches pour bébés et même une épave de voiture avaient été abandonnés là, pêle-mêle, jusque dans la cocoteraie, transformant le rêve de mes amis en répugnante décharge sauvage. Vidée de toute substance, j'étais restée là un long moment, le regard fixé sur le jus immonde qui s'écoulait de ce magma puant jusque dans la rivière qui charriait même le trop plein d'ordures jusqu'à la plage. Je ne sortis de ce cauchemar que pour entrer dans une terrible colère que le maire de mon village ne pourra certainement jamais oublier. Les arguments qu'il avait eu l'audace de m'infliger pour justifier l'injustifiable lui avait valu les plus cinglantes insultes que j'ai jamais proférées à l'encontre d'un humain. Avait-il été frappé de démence au point de décider la transformation de son village en la pire des *favellas* brésilienne, auquel cas il lui suffisait d'ajouter quelques cadavres d'enfants et sa mission eût été parfaitement réussie. Voulait-il nous faire goûter aux joies des staphylocoques et du choléra ? Manquions-nous à ce point de mouches, de rats et de chiens errants pour vouloir en faire un élevage ? Avait-il décidé de ruiner nos artisans et nos sculpteurs en faisant fuir les rares touristes de passage ou bien était-ce simplement l'accueil qu'il réservait à ceux qui, comme Jacques et Alice, avaient décidé de partager notre quotidien ? Espérait-il qu'un seul d'entre-nous eût encore le cœur à danser, les pieds dans la fange ? En minable politicien, il n'avait pu articuler que quelques vagues arguments retors, rejetant en bloc la faute sur le gouvernement territorial qui lui refusait obstinément une aire de stockage légale compte tenu de son appartenance politique. Et puis, pas plus que lui-même, aucun de ses concitoyens n'avait voulu céder une parcelle de terre à la commune. Alors, comme le *popaa* était parti depuis si longtemps et que l'absence a toujours eu une fâcheuse tendance à donner tort …Les choses s'étaient sérieusement envenimées lorsque, sentant bien qu'il n'aurait su me raisonner, il s'était mis à me retourner mes insultes comme le font entre eux les jeunes enfants dans les cours d'école. Finalement à cours d'idées, ce qui était fréquent chez lui, il avait fini par afficher clairement sa xénophobie en me chargeant de conseiller à Jacques, s'il n'était pas content, d'aller s'installer ailleurs ; bien entendu, la mairie lui rachèterait le terrain. Et pour asseoir définitivement son pouvoir et clore ce qui allait inévitablement tourner à sa propre honte, il m'avait vivement conseillé d'aller rejoindre mon prince charmant et d'emmener avec moi tous les gêneurs de mon espèce. La bouteille que je lui avais lancée, heureusement en l'absence de témoin, manqua de peu son visage et vint éclater le pare-brise de son 4X4 flambant neuf.

Les trois jours qui suivirent ces événements furent les plus sombres de ma vie. Je les passai prostrée sur mon lit, sans boire ni manger. Je ne voulais voir personne, pas même le médecin avec ses minables pilules de l'oubli. Au plus profond de mon désespoir je souhaitai même disparaître de cette vie absurde, trop lucide du fait qu'il était impossible de faire voyager autour du monde toute la population de mon village pour lui faire prendre conscience que nous ne sommes pas des invités sur cette planète, qu'elle nous appartient autant que nous lui appartenons et que son passé nous appartient autant que son avenir.

Je sortis de ma léthargie deux jours avant de commencer à écrire ces lignes. Je partis très tôt le matin, bien avant l'aube, pour être sûre de n'avoir pas à parler à quiconque et je pris le chemin des Terres Rouges avec pour seule idée en tête de communier avec l'esprit de mon père. J'emportais avec moi le petit sac contenant la terre de Takawe et les deux morceaux de lave et d'obsidienne. Lorsque je m'assis sur cette même pierre où il m'avait initiée à l'histoire de mon peuple quelques vingt deux années auparavant, le soleil sortait juste de l'horizon et je pus en déduire facilement la direction de Rapa Nui et des deux autres sommets du grand triangle polynésien. Je restai là pendant plusieurs heures à lui raconter mon voyage, certaine que, de là où il se trouvait, il était fier de moi, heureux de ce qu'était devenue sa petite Peiu.

J'attendis ensuite un long moment, dans une profonde méditation, souhaitant de toutes mes forces entendre la réponse que lui seul était capable de m'apporter. Que devais-je faire désormais du temps qu'il me restait à vivre ? Mais je dus me contenter pour seule réponse des cris des frégates planant majestueusement dans les ascendances d'air marin qui montaient du précipice. La dernière chose que je fis avant de redescendre au village reste assurément, compte tenu des conséquences qu'elle eut, le seul acte que je serais incapable de refaire. Je souhaite aujourd'hui de toutes mes forces que ceux et celles qui liront ces lignes soient convaincus que ma seule idée était alors d'offrir à mon père ces fragments des trois sommets du grand triangle en simple hommage à sa mémoire.

C'était dans ce pur esprit que j'avais disséminé la terre de Takawe, la lave du Mauna Kea et l'obsidienne de Rapa Nui autour de la pierre plate, un acte intime comme celui d'y déposer des fleurs, une simple offrande.

Lorsque je suis redescendue le soleil avait passé son zénith. Je me sentais beaucoup mieux et je commençais même à avoir sérieusement faim. Mes pensées allaient vers Jacques et je croyais plus que jamais à son retour prochain. Ce que je découvris en arrivant en bas dépassait l'entendement. Les scientifiques venus en urgence dès le lendemain avaient tout de suite écarté la possibilité d'une onde sismique que les satellites auraient alors immanquablement détectée. C'était en contournant l'île en bateau qu'ils avaient trouvé la cause de cette vague monstrueuse qui avait dévasté le littoral sur plus de trois cent mètres à l'intérieur des terres devant le village. Le mur d'enceinte et les fenêtres de l'école avaient été pulvérisés par le raz de marée. Les classes qui par miracle étaient vides en ce dimanche avaient été dévastées. Les savants avaient évalué le volume de terre qui avait glissé dans l'océan à plusieurs dizaines de millions de mètres cube. Les deux tiers du plateau des Terres Rouges avaient été précipités dans les flots et c'était un volume d'eau équivalent qui avait reflué vers la côte. Amplifiée par la configuration en entonnoir de la baie, la vague avait alors déferlé sur le rivage. Pour tous, le véritable miracle était de n'avoir aucune victime à déplorer. Jusqu'à mon retour, j'étais la seule à avoir été portée disparue. J'étais aussi la seule à sourire en découvrant le spectacle de désolation qu'avait laissé le raz de marée derrière lui. Un sourire peut-être un peu trop cynique mais quelle autre réaction aurais-je pu avoir en découvrant le terrain de football jonché d'ordures avec au beau milieu une carcasse de voiture, un réfrigérateur éventré et, coincés dans les filets des buts, comme d'énormes papillons bleus et blancs, des dizaines de sacs poubelles et de couches pour bébés. C'était en fait la totalité de la honteuse décharge sauvage qui avait été dispersée sur le stade et même sur une bonne partie de la rue principale. La plage, elle, n'avait jamais été aussi propre. Quant au terrain de Jacques, il avait été nettoyé comme aucun engin n'aurait pu le faire et dans un délai qu'aucun groupe d'intervention, fût-il présidentiel, n'aurait pu égaler.

Keetu

Il y a sur la partie bleue de la planète un océan qui contient tous les océans du monde. Et de cette immensité liquide émerge une île qui renferme toutes les îles des océans. Sur ce vieux volcan éteint une vallée profonde et étroite rassemble toutes les vallées de l'île, laissant jaillir en cascades une source si claire que les fleurs de *purau*[16] qu'elle ne cesse de charrier ressemblent à s'y méprendre à de gros papillons jaunes virevoltant entre les rochers sur un courant d'air pur. On dit même que l'océan prend plaisir à boire la délicieuse rivière sur la plage de sable noir où elle se jette car c'est la dernière au monde à pouvoir le désaltérer sans l'empoisonner. Ainsi aurait-il décidé, pour préserver sa fontaine de Jouvence, ne jamais déchaîner sa force ici. Certains croient cela, d'autres pas, mais le fait est qu'ici aucune tempête n'a jamais marqué les mémoires.

C'est là, au bout de cette plage, sur le petit port qu'une fragile jetée protège des houles du grand sud, qu'un enfant joue. Il a dans le regard l'éclat des yeux de tous les enfants du monde. Et il rit, il rit, il rit ! Et nul n'a jamais ri comme lui.

Il est assis sur l'amarre qui retient l'étrave de l'Aranui et à mesure des lentes oscillations du navire, il s'élève de quelques mètres sur le cordage en tension avant de replonger en douceur dans l'eau tiède lorsque le cargo se rapproche du quai. Un jeu délicieux et gratuit qu'il ne manquerait pour rien au monde et qu'aucune autorité ne saurait lui interdire. Il sait bien qu'en ce jour d'Aranui pas un adulte ne se soucie de lui et il n'y a bien que son chien sur le quai pour manifester bruyamment son inquiétude. C'est d'ailleurs ce qui déclenche chez l'enfant ces interminables éclats de rire. Partagé entre la crainte et l'envie, le jeune chien aboie sans discontinuer en sautillant sur place autour de la bitte d'amarrage. Il renifle l'aussière, la mordille, s'aplatit devant en fouettant l'air de

---

[16] Purau : arbre de la famille des hibiscus

sa queue, fait mine de s'enfuir en gémissant pour revenir aussitôt et enfin se décider. Profitant de la tension de l'amarre et dans une ultime lutte contre son instinct de conservation, il s'élance vers son maître en essayant de courir sur le cordage. Il parvient même pour la première fois à y poser les quatre pattes avant de basculer dans les flots. L'enfant rit tellement qu'il en perd lui aussi l'équilibre et se retrouve dans l'eau avec son gros rat mouillé qui lui lèche frénétiquement le visage avant de remonter par les rochers pour recommencer.

    Monsieur Germain sort de son cauchemar en hurlant. Il est en sueur et dégage une puissante odeur de vomi qui lui laisse une désagréable amertume jusque dans l'arrière-gorge. Il vient d'être violemment projeté contre un arbre par une décharge de chevrotine en pleine poitrine et il lui faut encore quelques minutes pour reprendre ses esprits et se traîner jusqu'à la cabine de douche pour enfin se réjouir d'être encore en vie. Depuis le départ de Tahiti, voilà six ou peut-être sept jours, il n'a pas quitté sa cabine où il a passé son temps à dormir, à vomir et à mourir de mille façons différentes dans les phases délirantes de son sommeil paradoxal. Le bateau est immobile. Plus de tangage ni de roulis pour lui torturer les entrailles et le vider de sa bile. Il peut enfin avaler sans le rendre un anxiolytique avec un peu d'eau et il se laisse aller pendant de longues minutes au plaisir de tenir debout sous une douche tellement nécessaire. Il n'a rien vu de la splendeur étincelante des Tuamotu et ne s'est pas émerveillé du spectacle grandiose de la baie des Vierges dans l'île sud. Epuisé, il a passé tout le temps de ces rapides escales à dormir, enfermé dans sa cabine. Bien sûr, il aurait pu faire ce voyage en avion. En moins de trois heures et frais comme une fleur de tiare, il aurait atteint l'île une semaine plus tôt, gagnant ainsi un temps précieux sur son objectif. Mais monsieur Germain n'a plus droit à l'erreur et cette précipitation en aurait immanquablement été une. Trop de monde connaît son incurable mal de mer et par la force des choses sa profonde haine des bateaux et du grand large. Personne donc ne peut l'attendre ici et ce ne sera qu'en temps voulu, lorsque tout sera au point, qu'il se manifestera.

Il voit l'île pour la première fois en se rasant. Par le hublot de la cabine il découvre une végétation luxuriante qui s'élève depuis la mer vers un sommet rocheux quasiment vertical qui se perd dans les nuages. Le spectacle lui plaît. Il reste même un long moment fasciné par ces rayons de soleil qui s'insinuent entre les arrêtes volcaniques et le manteau nuageux pour jeter des raies de lumière sur les cocoteraies, les herbes et les fougères, déclinant toute la gamme des verts en clairs-obscurs qu'il ne croyait possibles que dans l'œil des peintres.

Puis son regard est attiré plus bas par d'interminables éclats de rire tous ponctués d'un ouuuuh-hou qu'il a déjà vaguement entendu dans ses moments conscients lors des bringues de l'équipage du bateau. C'est là, juste en dessous. Un enfant se balance en riant sur l'amarre du navire et un chien se rate sur le quai avant de plonger sans aucun style dans le port.

Monsieur Germain reste un long moment fasciné par la beauté du jeune garçon et ce n'est qu'après plusieurs minutes, lorsque l'enfant le repère et lui fait un signe de la main qu'il s'écarte du hublot. Le passage de la lame à rasoir sur sa barbe de huit jours enflamme sa peau de quadragénaire déshydraté. Il souffre. Il faut qu'il boive.

Papa Joachim est satisfait. Il a vendu ses quinze sacs de citrons et tous ses cartons de bananes séchées. Assis sur une pile de panneaux de contre-plaqué, il discute bruyamment avec des amis en fumant du Bison et en buvant des bières. Il a encore deux bonnes heures devant lui avant de prendre le chemin du retour et d'ici là, la cuve de carburant de la seule station service de l'île sera pleine. Alors il pourra s'approvisionner en essence et reprendre la mer pour rentrer dans sa vallée, de l'autre côté de l'île. Mais pour l'instant il est urgent d'attendre. Il règne une telle agitation sur le quai et puis il fait encore tellement chaud qu'il est inutile d'en rajouter. Les grues du cargo mixte débarquent et embarquent à un rythme effréné tout ce qu'il est imaginable de transporter dans une île ravitaillée par bateau. Bois, ciment, voitures neuves, caisses, palettes, voitures accidentées, motos, treillis soudé, scooters, tôles, voitures en panne, sacs, bidons, victuailles congelées, bouteilles de gaz, moteurs, conteneurs, pneus et autres objets mystérieux se succèdent sans relâche dans les airs. Tout ce fatras se balance mollement au dessus d'une foule agitée et inconsciente du danger qui plane sur elle pendant que des chariots élévateurs, des camions et des pick-up se frayent de force un chemin pour atteindre leurs trésors. C'est dans ce nuage de poussière et ce vacarme assourdissant que les touristes débarquent timidement de l'Aranui par une longue passerelle métallique qui les projette sans transition dans cette fourmilière surchauffée.

L'apothéose survient lorsqu'on décharge un camion de pompiers tout rouge et flambant neuf avec un girophare bleu sur le toit et un gros rouleau de tuyau à l'arrière. Les yeux s'écarquillent, les mines s'ébahissent, les discussions s'orientent…C'est le premier camion de pompiers de l'île. Un événement majeur. Une découverte étonnante pour beaucoup et un très excitant nouveau sujet de conversation. Peut-être même un argument électoral.

Papa Joachim est ravi par cette découverte. Il veut savoir quand se feront les essais. Il veut voir le jet d'eau et entendre la sirène. Il fait promettre à ses amis de le prévenir quand cela se fera. Il viendra. Il fera les deux heures de mer pour voir çà, c'est sûr ! C'est vraiment une bonne journée pour lui. Il vient même d'apprendre un mot en cinq langues en énumérant une liste d'inscriptions sur un carton renfermant une gazinière et déposé sans ménagement par la grue à côté de sa banquette en contre-plaqué : « cucina…fogao…herd…cocina…cooker… ». Il ne sait

pas les prononcer et n'a aucune idée de la provenance des langues mais ça l'amuse énormément et ses amis se tordent de rire à l'écouter…des rires toujours ponctués de ouuuuuuh-hou !
Monsieur Germain doit être le dernier touriste à débarquer du cargo mais il ne s'en soucie guère. Il a tout son temps. Il est arrivé à destination et ne sera pas à bord ce soir lorsque le navire larguera les amarres. Les autres se sont tous entassés dans des petits bus en bois colorés servant d'ordinaire au transport scolaire et réquisitionnés pour l'heure comme à chaque arrivée de l'Aranui. On leur a promis une dégustation de spécialités dans le seul restaurant local du village puis la visite du musée et du marché artisanal, celle de la reconstitution de la Maison du Jouir de Paul Gauguin près de laquelle ils pourront voir Jojo, l'avion de Jacques Brel, et enfin celle du cimetière où ils pourront se recueillir sur les tombes des deux artistes. Il n'y a donc pas de temps à perdre. L'Aranui n'a jamais de temps à perdre. C'est un cargo mixte, pas un paquebot de croisière.

Monsieur Germain a les jambes en coton. Il descend la passerelle comme un vieillard et ses nausées qu'il croyait disparues le reprennent de plus belle dès qu'il met les pieds sur le quai. Cela recommence. Tout vacille autour de lui et il ne réalise même pas qu'un énorme rouleau de grillage suspendu à un câble vient de lui frôler le crâne. Un cariste musclé l'invective méchamment en tahitien. A moitié nu et tenant plus du pirate tatoué que du manutentionnaire syndiqué, il cherche manifestement à récupérer le rouleau de grillage avec son chariot élévateur et le *popa'a*[17] inconscient qui titube devant son engin lui fait perdre un temps précieux. Monsieur Germain fait un effort surhumain pour ne pas se coucher là, dans la poussière. Il réussit finalement à se traîner jusqu'à un tas de feuilles de contre-plaqué

---

[17] popa'a : étranger

pour s'y asseoir. Le quai tangue. Tout tourne de plus en plus vite et il finit par vomir toute l'eau qu'il a bue en se rasant.
« Ca ne va pas monsieur ? » s'enquiert le vieil homme près de qui il s'est assis.
« Pas grave…mal de terre…va passer … » parvient-il à articuler en s'essuyant la bouche.
Equipé d'un énorme moteur hors-bord japonais, un petit bateau bleu arrimé sur sa remorque oscille un instant dans les airs avant d'atterrir exactement derrière un gros véhicule 4X4 rutilant. Le propriétaire de toute cette petite fortune cache moins sa fierté que son excitation. En un temps record remorque et voiture sont attelées et l'ensemble disparaît pour faire place à un alignement de plusieurs dizaines de fûts orangés remplis de kérosène « spécial aviation ».
Monsieur Germain reprend ses esprits. Il sent bien que s'il veut survivre à ce chaos, il a intérêt a être vigilant, ce qui n'est pas la moindre des choses dans son état.
Le vieil homme lui tend une banane séchée. Tous les marins savent que la banane est salutaire aux estomacs retournés. Elle est délicieusement pâteuse et nourrissante et au pire se vomit aussi agréablement qu'elle se mange. Monsieur Germain l'a entendu dire ; il en est désormais convaincu. Il en mange une, puis deux, puis quatre et finit par comprendre qu'il était en hypoglycémie. En quelques minutes, il se sent mieux. Il a même soif et finit par accepter une bière d'un gros costaud qui n'arrête pas de rire mais Il refuse le paquet de Bison qu'un autre lui tend. Monsieur Germain ne fume pas.
Ce n'est que lorsque le touriste semble remis sur pied que Papa Joachim décide de prendre congé. Il doit encore faire le plein d'essence et récupérer son petit-fils en train de faire le couillon dans le port. Il salue courtoisement l'étranger d'une puissante poignée de main et s'éloigne en trottinant entre des caisses et des cartons. Monsieur Germain le regarde disparaître dans le nuage de

poussière, fasciné par ce beau vieillard grisonnant à la peau cuivrée. Puis il cherche un instant le gamin dans l'eau du port mais il n'y a plus personne sur l'amarre.

A présent il voudrait marcher. Il souhaite fuir au plus tôt ce dangereux tumulte et se retrouver seul. Tout près de lui un gendarme en short et chemisette bleue largement auréolée sous les bras discute avec deux religieuses impeccablement vêtues et coiffées de blanc. Une blancheur immaculée plutôt surprenante dans ce tohu-bohu salissant mais ce qui l'étonne le plus c'est qu'elles ne semblent même pas incommodées par la chaleur. Avec beaucoup de verve, elles expliquent au fonctionnaire qu'elles ont impérativement besoin des fûts oranges lorsqu'ils seront vidés de leur kérosène. Il leur en faut une cinquantaine pour supporter le plancher de la scène de la prochaine kermesse du collège Ste Anne. Ce n'est absolument pas de son ressort car il n'a rien à voir avec l'aviation civile mais le gendarme acquiesce de la tête. Il va voir ce qu'il peut faire.

Rassuré par la bonhomie du gendarme qui n'est manifestement pas là pour lui, monsieur Germain réussit à s'immiscer dans la conversation pour demander son chemin. La plus jeune des deux sœurs, une polynésienne d'une trentaine d'années, finit par lui expliquer en roulant les R qu'il ne peut pas se tromper. Il n'y a qu'une seule route ici et elle mène forcément au village, à une demi-heure de marche. Mais il peut prendre par la plage là-bas, c'est plus court. S'il est patient elle peut même l'emmener en voiture dès qu'elle aura récupéré la photocopieuse de l'école. Monsieur Germain est une mine de patience mais il a vraiment besoin de marcher.

Keetu est heureux. Tout en pilotant les quarante chevaux du moteur hors-bord, son plus grand plaisir dans la vie, Il sirote le coca que Papa Joachim lui a payé à la station. Dressé à l'étrave sur ses pattes avant, son chien flaire l'odeur de la vallée pendant que son grand-père compte ses sous d'un air satisfait. La mer est belle et Ils seront à la maison avant la nuit.

    Monsieur Germain va beaucoup mieux. Il s'est déchaussé pour franchir la petite rivière qui traverse la plage. Le sable noir est encore très chaud malgré la disparition du soleil dans les nuages du sommet volcanique. L'eau peu profonde est délicieusement fraîche et d'une clarté minérale. Il pousse un soupir de plaisir et reste même un instant incrédule lorsqu'il réalise que de grosses fleurs jaunes descendent le courant. Il en saisit une qui se faufile entre ses jambes. Elle n'a pas d'odeur. Il les regarde un moment dériver dans la baie vers un petit voilier qui se balance sur son ancre. Plus loin, l'Aranui continue d'ensevelir le quai sous un tas de choses utiles.
Alors, pour la première fois depuis bien longtemps, monsieur Germain ressent du plaisir. Tous ces événements, toutes ses décisions douloureuses, tout ce long et éprouvant voyage prennent enfin un sens. Il a trouvé la beauté. Elle est là, devant lui, insaisissable, indescriptible et rayonnante. Et pour un moment, planté là avec ses chaussures à la main et son maigre bagage en bandoulière, pour un tout petit instant parsemé de fleurs jaunes, pour un fragment d'éternité, monsieur Germain est heureux.

    Les petits bus scolaires sont bondés de passagers aux mines réjouies. Les casquettes, les chapeaux et les oreilles sont ornées de fleurs de tiare ou d'hibiscus. Les camescopes et les appareils photo sont gavés de souvenirs impérissables et les estomacs digèrent tant bien que mal le mélange de poisson cru, lait de coco, langouste, cochon, chèvre, fruit à pain, *poe*[18] et autres délices pas toujours identifiables. Un retour à pied aurait été salutaire mais l'Aranui a déjà sonné le rappel deux fois et il ne

---

[18] poe : met sucré à base de banane

s'agit pas de manquer le départ sous peine de devoir attendre le prochain passage, dans trois semaines.

Monsieur Germain les regarde passer en sirotant un jus de corossol à la terrasse de la petite pension de famille qu'il a trouvée sur son chemin, à l'entrée du village. Il a un peu le sentiment de s'être évadé et la certitude de ne plus jamais remonter à bord du cargo lui plaît autant que celle du vrai bon grand lit qui l'attend sans le moindre mouvement. Tout va bien. Demain il commencera à ébaucher son plan.

    Comme l'indique le pavillon qui bat à la poupe de son petit voilier, Torsten est norvégien. Il a mis quatre ans pour atteindre les Marquises en solitaire depuis son fjord natal et il est heureux. Chaque jour qui passe, il va chasser ou pêcher avec ses nouveaux amis marquisiens à qui il a offert son vieux fusil de chasse et toutes ses munitions. Et chaque soir qui succède à ces jours bénis, il fait la fête avec eux. Il ne manque de rien. Il ne sait même plus où stocker les régimes de bananes, les pamplemousses, les cocos, la viande et le poisson. C'est bien la première fois qu'il prend du ventre depuis le début de son voyage. Il parvient même à faire des économies sur son maigre budget et il tiendra peut-être jusqu'en Australie avant de devoir retravailler pour regonfler la caisse de bord. Aujourd'hui il se repose. Tous ses amis sont occupés au déchargement du cargo. Il aurait aimé les aider mais ils ont refusé catégoriquement et comme il n'est pas du genre à s'imposer, surtout pour travailler, il a passé sa journée à lire dans son hamac en observant de loin l'agitation sur le quai. Il s'est surtout beaucoup amusé à regarder un gamin et son chien faire les funambules sur une aussière du navire. Il est resté ainsi jusqu'à l'embrasement du mont Temetiu. Ce soir, un soleil rouge a semblé réveiller le vieux volcan de ses millions d'années de sommeil. Et puis le cargo a largué les amarres et il s'est retrouvé à nouveau seul dans la baie sur son petit bateau, au centre du monde.

Monsieur Germain a dormi près de neuf heures et s'il ne s'était réveillé dans les transes d'un nouveau cauchemar la nuit aurait pu être délicieuse. Mais le gamin a encore tiré et cette fois lui a fait éclater le crâne à bout portant. Pourra-t-il un jour débarrasser sa conscience de ce fantôme obsédant ? C'est ce qu'il désire le plus au monde mais il sait bien que la volonté, si déterminée soit-elle, ne suffit pas à ce genre d'épreuve. Le temps y parviendra peut-être mais il doit se rendre à l'évidence, le moment n'est pas encore venu. Après tout peu importe, il est vivant et il a des choses bien plus urgentes à régler.

La pension où il loge surplombe une superbe plage qui s'étire sur toute la largeur de la vallée devant le village. De grosses vagues y déferlent dans un grondement continuel sur un sable sombre aux reflets presque roses. On lui a garanti qu'ici les requins n'étaient pas dangereux et vu le nombre de jeunes gens en train de surfer, il a tendance à le croire. Il se laisse donc tenter et ce n'est pas l'ignoble tas d'ordures qui fume au bout de la plage ni le grotesque bidonville exhibant des tôles rouillées à l'autre extrémité qui vont l'empêcher de se défouler dans les rouleaux. Après tout, si l'eau du port est fleurie, celle de la plage ne peut pas être polluée. Mais pourquoi diable est-il seul, hormis les surfeurs, sur cette magnifique plage ? Peu importe, la solitude il vit avec depuis trop longtemps et lorsqu'on est dans sa situation, il y a des questions qu'il est préférable de ne pas se poser.

  Monsieur Germain va vivre ainsi pendant une semaine, se laissant progressivement découvrir, se faisant accepter et même parfois apprécier pour sa gentillesse, sa curiosité et sa convivialité. On dira de lui que c'est un homme fatigué et déçu par les turpitudes de la vie métropolitaine. On lui supposera une blessure sentimentale, un besoin de d'évasion, une soif d'autre chose, une rupture, une crise de la quarantaine. On dira tout et rien de lui et il laissera faire sans jamais contredire ni confirmer. On imaginera ce qu'on voudra mais lui seul décidera en temps voulu de ce qu'il conviendra de croire.

La kermesse de Ste Anne bat son plein. Des centaines de jeunes et d'adultes sont rassemblés sous un vaste préau au bout duquel on a monté une scène digne de la fête de l'Humanité avec les odeurs de merguez et de poulet grillé qu'il se doit.
L'ambiance est aux rires et aux applaudissements qui montent dans la nuit jusqu'aux étoiles. Des groupes d'enfants et d'adolescents se succèdent sous les projecteurs pour des danses, des sketchs et des chants qui déchaînent le public. Tout le village est là et comme les bancs de l'église et toutes les chaises du collège n'ont pas suffit, on s'assoit à même le sol ou sur des nattes où s'endorment les plus jeunes.
Monsieur Germain est presque bien dans sa peau qui a d'ailleurs joliment bronzé. Il a des amis et la sœur polynésienne qui l'a invité à se joindre à la fête est ravie de lui expliquer qu'elle a réussi à obtenir les fûts de kérosène tant convoités et qui donnent à la scène la hauteur et la stabilité idéales. Pour la première fois, il y a même un pompier pour assurer la sécurité.
Monsieur Germain finit par trouver une place assise sur un banc d'église au dossier maculé de vieux chewing-gum, à côté d'un blond aux yeux clairs qui lui serre chaleureusement la main en lui déclarant dans un français approximatif s'appeler Torsten.
Dieu ne joue pas aux dés et il n'y a donc pas de hasard. De cela, monsieur Germain est intimement convaincu et il va très vite comprendre que cette rencontre est la clé de son salut.

Papa Joachim est fier de son petit-fils. Il le regarde et l'écoute taper sur son *pahu*[19] avec la même justesse de rythme que s'il avait été lui-même sur la scène. Il est beau, il joue bien et la

---

[19] pahu : tambour

fille qui évolue autour de lui dans une gracieuse danse de l'oiseau est sublime. Le public ne s'y trompe pas et les ouuuuh–hou qui fusent avec les applaudissements le confirment. Le vieil homme sait aujourd'hui qu'il va pouvoir lui fabriquer un *pahu me'ae*[20]. Keetu a désormais la force de frappe nécessaire pour faire sortir le son grave qui remue les tripes et fait bouger les corps. Il est heureux et se lève pour applaudir plus fort que tout le monde…ouuuuh-hou !

Monsieur Germain n'arrive plus à se concentrer sur la conversation. Torsten est complètement excité par ce qu'il vient de lui laisser comprendre mais monsieur Germain ne peut plus détacher son regard de la scène. Il vient de reconnaître le jeune joueur de tambour. Il est encore plus beau que dans son souvenir. Sa peau brille et ses cheveux lâchés lui font une crinière noire qui ondule au rythme des battements de l'instrument. Il ne voit même plus la fille qui danse devant de lui, une longue plume blanche à chaque main. Ses terribles pulsions et ses fantasmes ignobles le reprennent. Il est malade. Il revoit le gamin qui se laisse faire en fermant les yeux. Il ressent le jeune corps qui se laisse meurtrir docilement là-bas, de l'autre côté de la Terre, dans les brumes froides de la forêt de Mortehan. Il revoit le regard assassin du môme qui s'est emparé du fusil de chasse et le pointe sur lui sans oser tirer. Il le discerne encore nettement, s'échappant dans la neige avec le radio-cassette promis en échange de son consentement. Sa honte se transformerait-elle en douleur et en regrets s'il apprenait que le pauvre gosse s'est fait chasser de chez lui pour avoir volé ce radio-cassette et qu'au comble du désespoir, il a fini par jeter l'appareil du haut d'un pont avant de sauter dans l'eau glacée ?

---

[20] pahu me'ae : grand pahu pouvant atteindre plus de 2 mètres

« Quelque chose ne pas fonctionner, monsieur Germon ? » s'inquiète Torsten qui a vu une étrange grimace tordre le visage de son voisin.
« Non, non, tout va bien » lui répond-il en sortant de sa torpeur.
« Partons d'ici, il faut qu'on parle au calme tous les deux ! »

Monsieur Germain a quitté la pension à quatre heures du matin et s'il ne perd pas son chemin, il devrait arriver de l'autre côté de l'île avant la nuit. Le patron de la pension lui a tracé précisément le parcours sur la carte d'état major et s'il ne se trompe pas de crête après avoir passé le col, il n'aura plus qu'à se laisser descendre doucement jusqu'à Hanamenu. Ce n'est pas une randonnée facile pour un touriste mais monsieur Germain a été convaincant et il a fini par rassurer son hôte. Chasseur lui aussi, il est habitué aux longues marches d'orientation en forêt. Il a dans son sac dix litres d'eau, des fruits, des bananes séchées et du chocolat. Il a même accepté de porter le ridicule chapeau de paille que lui a vivement recommandé le patron. Il a laissé quelques affaires personnelles dans sa chambre qu'il a payée d'avance pour trois jours. Ainsi a-t-on la certitude ici qu'il va revenir. Comment pourrait-il en être autrement puisque Hanamenu est une vallée quasi déserte, sans autre chemin d'accès que celui qu'il emprunte à présent. Il pourra même profiter du bateau de Papa Joachim, le seul habitant de la vallée, qui vient ici chaque vendredi. Il rentrera avec lui par la mer.
Torsten, quant à lui, ne quittera le port qu'après-demain pour ne pas éveiller les soupçons. Le norvégien n'avait pas prévu un départ aussi précipité mais les arguments du français ont été plus que convaincants. Il a déjà cinq mille dollars dans sa caisse de bord qui n'a jamais compté autant de billets verts et il en touchera dix mille autres dès qu'il aura embarqué son client. A ce prix là, il veut bien l'emmener au bout du monde. Il n'a pas totalement compris la démarche de cet étrange bonhomme mais du moment qu'il

n'embarque pas de la drogue ou des armes sur son bateau, il accepte avec grand plaisir de devenir plus riche qu'il n'a jamais été sans poser plus de questions. Il va pouvoir continuer son tour du monde sans même devoir retravailler et c'est vraiment une rencontre miraculeuse qu'il vient de faire. Ce soir, il va arroser cela avec ses amis, et demain aussi, pour les adieux.

    Monsieur Germain a atteint le col peu avant midi. Il ne pensait pas souffrir autant de la chaleur. Il n'avait pas évalué la pente comme aussi raide et ne s'attendait pas à devoir s'agripper parfois des deux mains pour ne pas disparaître dans le précipice où se déverse sur plusieurs centaines de mètres une cascade vertigineuse. L'interminable passage dans les fougères aurait même pu être assez tranquille s'il ne s'était fait attaquer par un essaim de grosses guêpes jaunes et noires qui lui ont laissé une bonne dizaine de boursouflures sur les bras et le visage et qui le font encore terriblement souffrir. Mais le plus dur est fait et il s'accorde une longue pose avant de redescendre vers l'ouest. La vue est grandiose et domine toute la caldeira au fond de laquelle se blottit le village. Il repère facilement la pension qui fait une petite tâche blanche sur la gauche de la plage et même le bateau de Torsten qui marque d'un minuscule point jaune la baie du port. Au-dessus de lui, plus vertical que jamais, le Temetiu commence à s'enrober de petits nuages d'alizés pris au piège de l'éperon basaltique. Sur la première arrête, il aperçoit enfin les chèvres qu'il entend béguéter depuis des heures sans jamais les voir. Elles l'observent avec méfiance depuis qu'il s'est assis, semblant elles-aussi faire une pose dans leurs déplacements. La distance de sécurité qui garantit leur survie est respectée et, même si l'humain n'est pas armé, elles ne dérogeront pas à la règle. Ici on ne fait pas de fromage de leur lait, on mange leur viande.
Monsieur Germain pense à sa femme. Où peut-elle bien être à présent. A –t-elle déjà osé s'installer chez son amant ? Est-il déjà

rayé de sa mémoire ? Il la revoit lui jeter au visage cette maudite cassette qu'il a eu le malheur de commander par internet sur ce site douteux que lui a stupidement conseillé son abruti de collègue de chasse. Il l'entend encore lui hurler que les gendarmes sont venus lui jetant au visage la sinistre convocation d'urgence pour affaire le concernant. Il revit en tremblant le stress qui a suivi cette dispute lorsqu'il a, en moins de douze heures, vidé leur compte-joint et roulé comme un fou jusqu'à Orly pour sauter dans le premier avion en partance pour Tahiti. Il revit la fracture comme d'autres le font d'un accident. Il transpire et avale d'un trait près d'un litre d'eau.

Il ne reprend sa marche que lorsque son agitation intérieure se calme enfin. Après tout que risque-t-il ici, aux antipodes de ses erreurs, avec pour seuls témoins des chèvres craintives et des abeilles énervées ?

Il lui faut juste encore un peu de patience et de courage et il deviendra quelqu'un d'autre, ailleurs, à tout jamais. Bientôt Victor Germain n'existera plus, tragiquement disparu dans une île des Marquises. Dieu aura son âme et peu lui importe que la justice des hommes le condamne à l'enfer. Il a de quoi se faire une nouvelle vie ailleurs, plus belle, plus paisible et même, il s'en fait la promesse, plus sage.

Plus que jamais résolu et stimulé par les bananes et le chocolat, il reprend sa marche, satisfait qu'elle ne soit plus que descendante et trop heureux d'avoir accepté le chapeau de paille. Grotesquement gonflée par le venin d'abeille, sa lèvre supérieure le fait souffrir.

Keetu chante à tue-tête en recouvrant les séchoirs à bananes pour la nuit. Sur la plage, son grand-père écaille la pêche du jour. Ce soir ils mangeront du thazard. Wok est le plus heureux des chiens car c'est son poisson préféré et vu la taille de la bête, il sait qu'il aura droit à une très grosse part. Le jeune garçon adore passer les vacances ici et il n'irait pour rien au monde rejoindre son père, à Tahiti. La vie là-bas lui fait peur. Il y a trop vu ses parents se battre lorsque sa mère était encore en vie. La grosse femme finissait toujours par assommer son mari violent, trop ivre pour éviter les coups et le gamin n'aurait su dire alors lequel des deux le terrorisait le plus. Ici, il est heureux. Quand il sera adulte et que Papa Joachim ne pourra plus porter les choses lourdes, c'est lui qui prendra la relève. Il vivra là pour toujours et si une femme veut bien de lui, il faudra qu'elle accepte d'habiter ici. C'est la seule chose qu'il exigera d'elle. Et s'ils ont un fils, il sera joueur de pahu. Avec Papa Joachim, ils frapperont si fort sur les peaux qu'on saura jusqu'au village qu'il y a encore de la vie à Hanamenu et que la vallée n'est pas morte.

Les oreilles dressées vers la montagne, Wok vient de s'immobiliser, une patte en l'air. Il flaire un instant l'invisible puis s'élance en jappant sous les manguiers. Les cochons sauvages ont dû descendre pour boire à la rivière. En cette période de sécheresse prolongée ils viennent presque chaque soir, se gavant au passage des mangues tombées qui fermentent sur le vieux *paepae*[21].

Monsieur Germain est exténué. Ses chaussures pèsent une tonne et sa démarche tient plus de l'automate que du randonneur fatigué. Il ramasse un caillou, prêt à défendre chèrement ses mollets contractés par les crampes mais le chien garde ses distances et se contente de contrôler l'étranger en aboyant frénétiquement pour signaler l'intrus à son maître.
A l'entendre, Keetu sait que ce ne sont pas les cochons et encore moins les chevaux qui détaleraient déjà au galop. Il n'est donc qu'à demi surpris de voir arriver ce visiteur inattendu à l'allure

---

[21] paepae : terrasse en pierre sur laquelle était bâtie l'ancienne maison marquisienne.

bien étrange avec sa démarche d'ivrogne et son chapeau trop grand.

"*Kirau*[22] Wok!...*kirau!*" ordonne-t-il à son chien qui détale vers la plage pour alerter Papa Joachim.

« Kaoha ! » ajoute-t-il en s'avançant vers l'homme pour lui serrer la main. « d'où venez –vous comme çà ? »

Une lueur étrange s'allume dans le regard de monsieur Germain, de plus en plus convaincu que Dieu ne joue décidément pas aux dés. Il se délecte un instant de la beauté du jeune garçon qui s'avance, à la fois émerveillé et tellement surpris de le retrouver ici.

Il comprend tout lorsqu'il reconnaît le vieil homme du port, un grand poisson effilé à la main. Ainsi c'est lui Papa Joachim, l'homme dont le patron de la pension lui a fait tant de louanges.

« Euh ! bonjour messieurs, j'arrive du village, je visite et je cherche juste un endroit où dormir »

Pour tout le monde la soirée a pris un petit air de fête inattendue. Gavé de poisson, Wok s'est vite endormi près du feu, bercé par la voix monotone de Papa Joachim qui n'en finit pas de parler de sa vallée, de ses ancêtres, de la pêche, de la chasse et de la douceur de vivre ici. Admiratif, monsieur Germain trouve qu'il faut beaucoup de courage pour vivre ainsi, loin de tout. Il ne tarit pas d'éloges à l'égard du vieil homme, évitant soigneusement de laisser traîner ses regards sur l'enfant qui s'est endormi lui aussi. Mais Papa Joachim ne veut pas être en reste. Il pense que l'étranger a également beaucoup de courage et de détermination pour faire cette randonnée. C'est la plus difficile de toute l'île et peu de touristes peuvent se vanter de l'avoir faite. Mais il lui déconseille d'essayer de trouver les grottes funéraires dans les falaises de la pointe Kiu Kiu. Elles sont dangereuses, très difficiles

---

[22] Kirau : interjection pour chasser les chiens (va-t-en !)

d'accès et, pour ne rien lui cacher, elles sont sacrées et donc *tapu*[23]
. Personne ne va là-bas, même plus les morts, et il risque gros à vouloir satisfaire à tout prix cette étrange curiosité. Mais monsieur Germain est têtu et il n'a rien d'un profanateur. Il veut juste voir les grottes, même de loin. D'ailleurs c'est surtout la pointe Kiu Kiu qu'il veut voir. Il veut fouler de ses pieds ce lieu mythique, cette extrémité ouest qu'il rêve de graver dans sa mémoire. Il reviendra demain soir et il accepte avec grand plaisir le retour en bateau que lui propose le vieux pour après-demain. Il est décidément passé maître dans l'art du mensonge. Après tout, pourquoi pas ? pense Papa Joachim, conscient qu'il ne fera pas changer d'avis son invité surprise. Pour une fois qu'un touriste ne se contente pas du cimetière de *Koke*[24], il convient d'être compréhensif à son égard.

Monsieur Germain a mit des heures à trouver le sommeil. Il déteste dormir dans un hamac et les moustiques n'ont rien arrangé. Des crampes atroces aux mollets le réveillent douloureusement mais pour une fois que ce n'est pas un cauchemar, il ne va pas s'en plaindre. Il se lève pour faire quelques pas. Il est à peine trois heures du matin et les ronflements rassurants du vieux dans l'autre hamac l'incitent à rester discret. Là-bas, près du tas de braises, l'enfant dort. Il s'en approche doucement. La lueur du foyer colore son visage d'ange et pour la première fois, il remarque un tatouage en forme de rosace compliquée sur son épaule nue. Il s'agenouille délicatement près du gamin. Son pouls s'accélère et commence à lui heurter les tempes. Il approche précautionneusement sa main du gosse. Il veut juste lui caresser l'épaule. Il est curieux de toucher le tatouage pour voir si, comme il le suppose, celui-ci fait un relief sur la peau. Un fantasme, il le sait bien, qui va immanquablement en générer

---

[23] tapu : sacré, défendu, interdit.
[24] Koke : Gauguin

d'autres, plus familiers. Il devrait s'arrêter et retourner se coucher mais la pulsion est là, plus forte que jamais, attisée par l'exotisme intense dégagé par cette beauté sauvage. Ses doigts effleurent le pigment bleuté en tremblant…Il va…

Soudain, déchirant le silence, là, juste derrière lui, des aboiements furieux lui font perdre l'équilibre. Il se redresse d'un bond et se met à courir dans la nuit, l'horrible bâtard de malheur à ses trousses. Il court à perdre haleine vers la rivière, évitant de justesse un séchoir à bananes, mais le chien le rattrape et le mord douloureusement au talon. Il a juste le temps de saisir au hasard un gros caillou. Il frappe une seule fois, de toutes ses forces. Le chien s'effondre sans même un gémissement.

Il est à bout de souffle et ne sachant quelle attitude adopter, il reste là, couché au bord de l'eau à côté de l'animal inerte. Il entend le gamin appeler plusieurs fois son chien puis le vieux qui lui demande de se taire et de dormir.

« Laisse le vivre sa vie de chien…c'est les cochons…allez dors maintenant ! »

Monsieur Germain a envie de se frapper le crâne avec le caillou qu'il n'a pas lâché. Il est vraiment malade et il va devoir faire quelque chose s'il veut vivre libre encore longtemps. C'est décidé, la première chose qu'il fera lorsqu'il sera un autre, c'est une analyse. Il s'en fait le serment. Il s'allongera autant de fois qu'il le faudra sur un divan devant le plus éminent des psychanalystes et il guérira. Il trouvera cette verrue qui ronge son mental, même s'il doit remonter à sa plus tendre enfance, et il l'arrachera lui-même avec toutes les racines. Alors, et alors seulement, il sera vraiment quelqu'un d'autre.

Il reste ainsi une bonne demi-heure, peut-être plus, et ce n'est que lorsqu'il est absolument certain que les deux autochtones sont profondément rendormis qu'il ose se relever. Il revient discrètement à son hamac, s'empare de son sac et disparaît dans la nuit.

Monsieur Germain a atteint le plateau aux premières lueurs du jour. Son intrusion sur cette vaste étendue plate entièrement recouverte de brousse a déclenché une panique générale chez les chevaux sauvages qui ont fui par dizaines au grand galop pour éviter le piège des falaises et se réfugier sur les contreforts du Temetiu. Ce spectacle, aussi inattendu que grandiose, l'a émerveillé. Il adore les chevaux. L'air frais du petit matin l'a gonflé d'énergie et d'optimisme. Il a presque atteint son but. Torsten devrait être en route à présent et il a déjà repéré la petite crique que le norvégien lui a signalée sur la carte. La mer est belle et il ne devrait pas avoir trop de mal à embarquer sur le voilier. La carrière de Victor Germain touche à sa fin. Il n'ose pas y croire. Il lui reste juste une dernière chose à régler. Un détail d'une importance capitale, certes, mais rien de bien compliqué. Et puis il a encore plusieurs heures pour le peaufiner et ne rien laisser au hasard. Ce sera la preuve irréfutable qui garantira à tout jamais sa fin dans la mémoire des hommes. Il trouve cela délicieusement jouissif et s'assoit sur un rocher pour savourer son succès et réfléchir au meilleur endroit pour mourir. Il prend tout son temps pour s'approcher du bord de la falaise. Rien de bien périlleux. Il lui suffit de suivre la trace des chèvres et s'il en juge aux chapelets de crottes fraîches laissées çà et là, elles sont passées récemment. Il aurait son fusil, il se laisserait presque tenter par une petite chasse. Une provision de viande pour la longue route n'aurait sûrement pas déplu à Torsten. Le soleil vient d'apparaître sur les cimes et avec lui l'alizé se réveille timidement. Il parcourt encore quelques centaines de mètres avant de s'immobiliser, un sourire de satisfaction aux lèvres. C'est là. L'endroit est parfait, idéal même. Un arbuste à demi desséché s'accroche à la paroi à quelques mètres en dessous du bord de la falaise. En rampant sur le ventre il s'en approche doucement. Le buisson rabougri est suspendu dans le vide, accroché par quelques racines insensées qui s'insinuent fermement dans les fissures de la roche. En tendant le bras, il peut presque en toucher les plus hautes branches. Une bonne centaine de mètres plus bas, la houle éclate en puissantes gerbes d'écume sur un redan de dalles claires. Finalement la mer n'est pas aussi calme qu'il le croyait. Il se relève, réfléchit encore un long moment, cherchant du regard un endroit meilleur mais c'est inutile. L'arbuste est parfaitement propice à sa mort et il se décide. Il ouvre son sac et le vide méthodiquement sur l'herbe. Il sépare l'argent en deux paquets. Un gros qu'il fourre tout au fond de sa poche dans un sachet de plastique et un plus petit, peut-être cinq ou six mille dollars, qu'il remet dans le sac. Il ne peut s'empêcher d'espérer que Keetu sera le premier à le découvrir. Ce serait son cadeau d'adieu, sa récompense, le juste prix de sa divine beauté. Il y met aussi son couteau suisse, ses lunettes de soleil et sa montre, une Roleix qui ne devrait pas déplaire au vieux. Il ouvre une dernière fois son passeport. Germain, Victor, Charles, né le 28 avril 1956 à Roubaix, Nord, 1,76m, yeux marrons... Il observe sa signature comme si c'était déjà celle d'un autre. Il se désole une dernière fois de cette sinistre photo d'identité qui lui donne un air de repris de justice. Puis il jette le livret dans son sac : « Adieu Victor, paix à ton âme ! » prononce-t-il à haute voix en retenant un sourire. Il bourre enfin une chemisette et un short pour caler le tout et il referme le sac. Puis il s'approche à nouveau en rampant du précipice et il lâche son bagage qui reste, exactement comme il le souhaitait, accroché dans les branches de l'arbuste. Voilà, c'est fait. Il a glissé. Il est tombé juste là probablement en essayant de distinguer une grotte funéraire dans la falaise. Il a dû s'écraser sur la dalle et la houle aura certainement emporté son cadavre pour l'offrir aux requins.

Wok s'est réveillé de son coma en gémissant. Il a un œil à moitié fermé et une oreille collée par du sang séché mais il tient sur ses pattes. Son maître dort près du feu et Papa Joachim ronfle comme un cochon. Pas question d'aboyer. Il faut retrouver l'étranger. Impossible de rester calme s'il ne peut le localiser. Impossible de le neutraliser s'il ne peut le repérer. Cet humain est mauvais et il faut le chasser d'ici avant qu'un malheur n'arrive. Il décrit fébrilement quelques cercles, la truffe contre le sol. Cochon mâle…petit… femelle… encore un petit… un troisième. Il éternue en gémissant de douleur et soudain il trouve. Il détecte avec certitude l'acide effluve de l'ennemi. L'odeur le conduit jusqu'au hamac mais il est vide. Elle repart de ce côté. Il la suit. Ca monte vers le plateau. C'est parfait, il connaît ce chemin mieux que toutes les chèvres de l'île. Il courre. Sa tête cogne très fort et le fait terriblement souffrir mais un chien n'est pas un humain, il peut faire des choses même en souffrant atrocement. Il se bloque à l'affût en arrivant sur le plateau. Les chevaux ne sont pas là, ce qui confirme le passage de l'étranger. Il ne doit d'ailleurs plus être très loin car l'odeur se renforce régulièrement, toujours concentrée sur la trace des chèvres. Il ne peut plus lui échapper. Il accélère encore et encore et puis, soudain, il s'arrête. L'ennemi est là, à quelques foulées. Dressé dans une fierté orgueilleuse qui ne manquerait pas de lui attirer les railleries de Keetu, il observe en grognant. Il ne voit que des jambes et des fesses. L'étranger est penché au-dessus du vide. Vraiment saugrenu cet humain ! Mais il n'est pas temps de se poser des questions. La situation est idéale. Il ne sait pas encore quelle fesse il va choisir mais il est déjà certain qu'il va se faire un grand plaisir en y plantant ses crocs. Il s'élance comme un lévrier. Surtout pas d'aboiement. Se retenir. Ne plus respirer. Foncer sans un bruit et se bloquer au dernier moment sur les pattes arrières. Pas question de tomber de la falaise, ce serait vraiment indigne de lui !

Victor Germain ressent une douleur fulgurante à la fesse gauche avant de passer par dessus l'arbuste. Il hurle mais aucun son ne sort de sa gorge noyée d'adrénaline. Un vent violent siffle à ses oreilles. L'espace d'une fraction de seconde il entrevoit une cavité dans la roche. Il a eu une vision fugace d'ossements et de crânes humains. Est-ce à ce sinistre raccourci que toute sa vie se résume ?

Et puis son corps éclate comme une mangue sur la dalle, juste avant que le ressac ne l'emporte.

PARIS –TAAOA

La première fois que je l'ai vu c'est sur cette départementale où j'avais embourbé la Mercedes jusqu'aux essieux en faisant demi-tour dans un chemin. Le type de manœuvre stupide dont j'étais coutumier. Il faut dire que la pluie incessante de fin d'automne, à force de détremper la terre, avait fini par l'ameublir mieux que ne l'aurait fait le fer d'un soc.
Il était arrivé de nulle part, comme tombé du ciel bas derrière cet interminable rideau liquide et sans un mot il avait poussé la voiture.
Une vraie force de la nature !
Moi qui avais déjà envisagé l'intervention d'un tracteur !
Il avait quasiment propulsé le véhicule hors de l'ornière boueuse et je ne suis pas sûr que mes savants dosages entre accélération et débrayage furent d'une quelconque utilité. Ma dextérité lui avait par contre crépi de glaise tout le côté droit.
Impressionné et confus, je lui avais proposé de le déposer quelque part mais il avait refusé d'un geste de la main en s'éloignant massivement à travers champs. Mes remerciements répétés l'avaient laissé aussi insensible que le déluge de pluie froide.
Sous son long ciré jaune ruisselant de boue, je n'avais entrevu qu'un visage épais aux traits durs barré d'une large moustache noire. Un nez épaté…et une peau sombre.

J'avais dormi chez Dominique.
Son petit hôtel sans étoile était en travaux mais il avait reconnu mon char boueux à travers les vitres blanchies à la chaux et m'avait ouvert avec le sourire réservé aux habitués. Bien sûr qu'il avait une chambre. J'avais du la remettre moi-même en ordre et refaire le lit car son personnel était en congé mais c'était tout naturel. J'étais ici comme chez moi.

Dominique n'était pas du genre à raconter. Il entendait beaucoup, il écoutait parfois, souvent par politesse, mais il éludait toujours les questions indiscrètes.
« Ce qu'on sait des autres nous protège de ce qu'ils savent de nous, à condition de ne pas s'en servir !»
C'était sa devise. Il la disait capitale pour le bien de tous et affirmait qu'elle serait bientôt gravée derrière son bar.
Après quelques bières et ses inévitables boutades sur l'âge de ma voiture et mon soit disant snobisme à rouler dans une poubelle de musée, il tout avait tout de même fini par me dire le peu qu'il savait de mon mystérieux sauveteur. Il était tahitien. Arrivé en septembre, il s'était installé dans la cabane de chasse du dentiste à la lisière de la forêt de Mortehan. Il passait ses journées à couper des sapins dans la plantation du maire. Il les débitait en bûches qu'il empilait avec une régularité méticuleuse…il semblait ne pas connaître la fatigue.
On le voyait très rarement au village et il n'était pas du genre causant.

     Je ne sais trop pourquoi j'ai eu envie de le revoir. Je ne suis pas d'un naturel très curieux de la vie des autres. Je crois bien que c'était les clichés évoqués par Tahiti. Des couleurs claires qui font mal aux yeux, des bleus profonds, des parfums inconnus, des paréos, du soleil. Oui, c'était ça, le soleil. Il était si rare et si pâle dans nos contrées de brumes persistantes qu'il en devenait un objet de rêve.
Le lendemain, j'avais acheté une bouteille de Beaujolais et j'étais monté jusqu'au chemin de Mortehan. La pluie avait cessé mais le ciel bas et statique avait la couleur d'un étang qu'il ne tarderait pas à déverser.
Le bungalow du fils Aymond était fermé. J'avais trouvé la clé à son clou sous le chéneau et après avoir frappé plusieurs fois et appelé sans réponse, j'étais entré.

La pièce était sombre et humide, le vieux poêle éteint et les couvertures soigneusement pliées sur le lit de camp. Une agréable odeur de bois saturait l'air. Il faut dire qu'un rideau de bûches empilées jusqu'au plafond masquait tout le mur du fond. La vieille roue de chariot était toujours à sa place, adossée dans l'autre coin, unique, inutile. Si le tahitien avait habité ici, ce n'était manifestement plus le cas.

J'étais aussi déçu que si j'avais manqué un ami ce qui n'avait rien de rationnel compte tenu de ce que je savais de cet inconnu. Je mis cela sur le compte de la frustration de ne pouvoir le remercier en lui offrant ma bouteille. Ce fut du moins comme cela que je relativisai mon émotion.

Je soulevai la plaque de fonte du poêle avec le crochet en fer à béton. Il avait été vidé de ses cendres mais les traces qui subsistaient étaient claires et sèches. Elles ne s'étaient pas encore gorgées de l'humidité ambiante. Quelqu'un avait bien vécu ici très récemment.

J'aurais pu en rester là. Mon travail me laissait une certaine marge de liberté dans ma gestion du temps et de l'espace mais une journée chômée signifiait pour moi un manque à gagner que je pouvais de plus en plus difficilement assumer. Les temps devenaient durs pour les petits et moyens salaires. La retraite était reléguée aux calendes grecques et même les lycéens descendaient dans la rue pour en réclamer leur part. Cette pensée me déprimait. J'y voyais s'éteindre l'esprit d'aventure au profit de la normalité. Le cocon collectif ratissait de plus en plus large. Il était urgent de se mettre au travail pour bien profiter de la vieillesse. Je réalisais le niveau d'insouciance du lycéen que j'avais été autrefois. A présent je ramais. Mais je n'étais pas le seul et je trouvais cela plutôt rassurant. J'aimais l'idée de faire partie d'une masse. Je ne mettais plus un sou de côté depuis plus de trois ans mais j'apportais ma contribution, si mineure soit-elle, aux desseins majeurs de l'efficacité occidentale. Mon inquiétude venait plutôt de ma motivation faiblissante. Elle faisait place à une lassitude plus ou moins confortable que je positivais en me persuadant que j'étais en pleine gestation d'un projet. Un grand changement, une passion qui me prendrait totalement, corps et âme. Un programme global qui donnerait enfin un sens à ma vie et ne tarderait pas à la changer. Alors, en attendant, tant que j'avais la santé…

Pour éviter à la Mercedes de rester vautrée dans la boue, je l'avais laissée quelques centaines de mètres plus bas, sur le chemin empierré. Une précaution pleine de bon sens si j'avais pensé à éteindre les phares. La luminosité de nos cieux plus souvent voilés que les femmes afghanes nous contraint fréquemment à allumer nos phares en plein jour mais il faut un degré minimal de concentration pour penser à les éteindre si aucun panneau ne vous y invite comme c'est le cas à la sortie des tunnels. Degré qu'une fois encore je n'avais pas atteint ce jour-là.
Avec leurs petites lueurs jaunâtres et faiblissantes, mes ampoules iodées ne laissaient planer aucun doute sur la suite de ma journée stérile. Le claquement sec du démarreur et le pesant silence qui s'en suivit me confirmèrent la justesse de mon analyse.
Je restai un moment prostré sur mon siège en nubuck. Une petite pluie fine donnait le ton des heures à venir en déclarant le soleil une fois de plus vaincu avant l'heure du coucher. Je mis les essuie-glace. En relevant la tête, j'étais certain que le tahitien allait apparaître pour me sortir de là. Les balais firent un aller-retour hésitant sur le pare-brise. Un seul. Mais je ne vis que des tas de bois alignés à la lisière d'une forêt sombre sous un ciel kaki.
Alors je débouchai la bouteille de beaujolais.

Il me fallut descendre un bon kilomètre à pieds avant que mon portable ne daigne me relier au monde des vivants. Je dus même monter sur le petit pont de pierre qui enjambe le chemin au niveau des pâtures du père Chenot. Le noisetier était toujours là, de plus en plus incliné vers la bonne terre profonde mais bien vivant. Ses racines s'insinuaient entre les pierres qui leur cédaient le passage en se déchaussant graduellement. La nature reprenait ses droits. De là on ne pouvait pas me manquer et la voûte me fit un abri providentiel. Trempé jusqu'aux os, je grelottais et bien que ce ne fut pas raisonnable, je terminai la bouteille, accroupi sous ce pont avec une pensée émue pour tous les SDF du monde.

L'alcool, l'hypothermie et la qualité déplorable des ondes hertziennes aidant, j'avais eu beaucoup de mal à me faire comprendre mais Dominique avait fini par saisir le sens de mes propos. Il me promettait de l'aide au plus vite. Il ne pouvait pas venir lui-même car il était seul au bar et il avait du monde.

J'attendis plus de deux heures sans avoir le courage de retourner au bungalow pour y faire une flambée. La pluie avait repris son débit normal mesurable en seaux et le beaujolais m'avait sournoisement amputé des deux jambes. Un engourdissement glacial m'incrustait de plus en plus profondément dans le mur du tunnel qui prenait les allures d'une grotte. La tête lourde, je me laissais aller à une somnolence spasmodique qui m'aurait sans doute fait entrevoir ma propre mort si j'avais pu y réfléchir sobrement.

Xavier Aymond me trouva là, endormi dans la boue, piteux. Le dentiste n'avait compris que très partiellement les explications de Dominique mais il connaissait bien les lieux et savait où me trouver. Il m'avait d'abord déconseillé puis, compte tenu de ma démarche et de la cohérence de mes propos, formellement interdit de reprendre le volant de ma voiture. Je m'étais mollement laissé convaincre. La nuit s'installait, la pluie redoublait et son gros 4X4 douillet était si agréablement chauffé que je me laissai conduire, renonçant même à toute forme de conversation. J'avais besoin de dormir. La trompette de Chet Baker acheva l'anesthésie.

Xavier AYMOND était tout en allure et élégance. Ses mains finement manucurées inspiraient confiance à tous ceux qui les laissaient pénétrer dans leur bouche béante. Depuis l'ouverture de son cabinet dentaire, la clientèle augmentait régulièrement ce qui lui avait permis d'acquérir et de restaurer la ferme du vieux Lucien Charron qui reposait en paix pour l'éternité depuis la canicule de l'été meurtrier. Une solide bâtisse en pierre et ardoise qui était passée de l'état de gourbi à celui de résidence grâce aux prothèses, aux détartrages et autres couronnes œuvrées avec précision et sans douleur dans les palais des clients. La basse-cour s'était transformée en parc et les clapiers en parking de gravier blanc que les deux lévriers fouillaient fébrilement à longueur de journée en attendant les jours de chasse.

C'est là que j'avais passé la nuit. Le dentiste avait jugé préférable de m'épargner un retour de pochard à l'hôtel.

Je m'étais réveillé tôt dans une chambre d'une blancheur éclatante où tout sentait le neuf, même les draps. Seules mes propres effluves me rappelèrent la soirée de la veille et le ballon d'eau chaude suffit à peine à me doucher selon mes besoins.

C'est là que je le vis pour la seconde fois.

Il était attablé dans le salon avec le dentiste devant un petit déjeuner digne des lieux. Il me reconnut avant même que le maître de maison fasse les présentations.

C'était un gaillard d'une quarantaine d'années tout en muscle et en cheveux noirs qu'il portait tressés jusqu'au milieu du dos. Il me tendit une main mâle avec un sourire complice. Il avait un regard vif et les traits de quelqu'un qui vient d'ailleurs. Un visage dur mais d'une beauté sauvage presque surnaturelle pour la région. En lui serrant la main je restai un moment fasciné par l'étrange tatouage qui montait sur son avant-bras et disparaissait sous sa manche. Un graphisme géométrique presque noir sur sa peau dorée. Un assemblage complexe de signes cabalistiques qui s'étiraient en courbes harmonieuses pour réapparaître en collier

dans l'échancrure de sa chemise. Mon point de vue sur les tatouages changea ce jour-là. Je les plaçais jusqu'alors au premier rang du mauvais goût avec les breloques en tout genre poinçonnées dans les parties molles du corps. Chez lui cela devenait un art. C'était superbe et mystérieux.
Il s'appelait Teapua.
Le dentiste me serra la main lui aussi et fit preuve d'une grande classe en écourtant mes excuses et mes vagues explications sur ma conduite de la veille.
Je m'inquiétai pour mon image aux yeux de madame AYMOND mais il me rassura. Elle était à Reims avec les enfants pour le week-end.
On irait rechercher ma voiture dans la matinée dès que Teapua aurait pris le bus pour Paris. Le vol Air Tahiti Nui était à vingt deux heures, il avait le temps.
« Vous partez déjà ! M'étais-je exclamé. C'est la première fois que je rencontre un tahitien et on ne va même pas avoir le temps de faire connaissance ! »
« Je ne suis pas tahitien ! Avait-il vivement rectifié. Je suis marquisien ! Ce n'est pas vraiment la même chose ! »
Il roulait les R. Et moi, je venais de commettre ma première gaffe de la journée en répétant stupidement une rumeur.
Le petit déjeuner s'éternisa et j'en appris plus sur la Polynésie que pendant toute ma scolarité. Ce qui n'avait rien d'une prouesse.
Le dentiste semblait aussi épaté que moi. Teapua prétendait chasser le cochon à cheval avec ses chiens et son couteau. Sous l'eau il tirait au harpon des carangues, des thons blancs et d'autres poissons aux noms étranges. Il disait que les chevaux sauvages descendaient le soir sur la plage de son village pour venir boire à la rivière sous les cocotiers. C'était son métier les cocotiers. Il passait ses journées dans les cocoteraies à entasser les noix avant de les fendre comme des bûches pour en extraire le coprah qu'il étalait sur des séchoirs au soleil. Il en remplissait ensuite des sacs

qu'il menait au bateau deux fois par mois. Cela partait à Tahiti, à plusieurs jours de mer de son île pour y être transformé en huile, en monoi. C'est ainsi qu'il gagnait sa vie, enfin son argent car il y avait, disait-il, bien d'autres moyens de subsistance aux Marquises mais on pouvait hélas de moins en moins s'y passer d'argent.
J'aurais pu l'écouter des heures. Le personnage me fascinait autant que ce qu'il racontait. J'étais loin, quelque part dans les mers du sud sans vraiment savoir où.
Moi, les seuls cocotiers que j'avais vus c'était ceux de l'hôtel Méridien à Santa Cruz de Ténériffe. Mon patron m'avait généreusement invité au colloque sur la nourriture animalière en récompense des meilleurs chiffres jamais réalisés lors de ma saison de vente en 95. A cette époque PATECANIN était en pleine expansion et mon directeur voulait s'attaquer au marché européen. Nous y avions tous cru, même moi ! A plus long terme, l'objectif était même les pays de l'Est où des millions d'habitants auraient bientôt les moyens de nourrir les chats et les chiens. Aujourd'hui les temps avaient changé. On parlait beaucoup de restructuration et ma priorité allait plus à la conservation de mon poste qu'à une augmentation de salaire.
Toujours était-il que je ne me souvenais pas avoir vu une seule noix de coco sur les cocotiers du Méridien de Santa Cruz et j'en venais à penser que les cocotiers marquisiens étaient différents des canariens qui n'étaient peut-être même pas des cocotiers !

J'avais tenu à les accompagner jusqu'à l'arrêt de bus. On avait encore beaucoup bavardé dans la voiture du dentiste en attendant l'express pour Paris mais je n'ai pas osé lui demander la raison de son séjour en France ni celle de son départ imminent. Ce n'était pas un touriste, c'était ma seule certitude. Lorsque le bus s'éloigna, je restai un moment le regard perdu dans les méandres des pavés du trottoir avec l'idée qu'il venait de faire germer dans ma tête.

« *A pae tou hoa,* tu es le bienvenu dans mon faré quand tu viendras aux Marquises ! m'avait-il lancé avec un regard complice. J'habite à Taaoa sur l'île d'Hiva Oa. Tu n'auras qu'à demander Teapua ! »
Une idée qui allait m'habiter plus que de raison.

Xavier Aymond apporta toutes les réponses à mes questions. Il avait rencontré Teapua à la fin de l'été lorsque celui-ci était venu le questionner sur les locataires de la maison des Girard, une grosse bâtisse mitoyenne de son cabinet dentaire. Ils étaient partis quelques mois avant son installation. Le dentiste ne savait rien de ces gens mais, comme moi, il s'était tout de suite pris de sympathie pour cet étranger. Il lui avait proposé son aide pour faire des recherches dont il avait progressivement évalué l'importance à mesure que Teapua lui dévoilait sa vie. Il lui avait trouvé ce travail d'abattage et lui avait même proposé de l'héberger. Le marquisien avait pudiquement décliné l'offre mais il avait accepté avec enthousiasme de dormir au bungalow de Mortehan. L'endroit lui convenait beaucoup mieux que la petite caravane du maire où il se sentait trop à l'étroit et dans laquelle tout ce qu'il touchait cassait.
Ses ressources étaient limitées à l'essentiel. Il avait mis toutes ses économies dans les billets d'avion et sans ce job de bûcheron, il serait sans doute déjà reparti depuis longtemps.

Nous avions aussitôt pris la route de Mortehan. Arrivés à ma voiture, j'en savais autant que le dentiste sur Teapua.
Il recherchait sa femme. Enfin, son ex-femme puisqu'elle était partie des Marquises depuis plus de huit ans avec un militaire en mission à Hiva Oa. Un sergent qui formait les jeunes marquisiens au maniement des armes, de la truelle et des engins de terrassement dans le cadre du service militaire adapté. Un jour de fête, il avait succombé au charme exotique de la jeune danseuse et elle au prestige et au niveau de vie de son beau militaire. Le genre

d'histoire croustillante qui ne passe pas inaperçue dans un village de quelques centaines d'habitants et qui finit plus ou moins comme partout ailleurs sur la Terre. Un soir un peu chaud, Teapua avait cassé le nez du guerrier français et quelques dents de sa vahiné ce qui les avait autorisés à quitter définitivement l'île sans laisser d'adresse.

Il n'avait évidemment pas fait ce long et coûteux voyage pour récupérer sa femme, non, pas après tout ce temps passé ! Son deuil était fait depuis bien longtemps et il disait être heureux avec sa nouvelle compagne qui lui avait donné trois beaux enfants. Sa motivation était plus pragmatique. Il avait juste besoin d'une signature. Le père était mort l'année dernière et cette disparition avait terriblement compliqué la vie de Teapua. Il ne pouvait plus exploiter légalement la cocoteraie sans l'accord de sa femme qui en était devenue co-propriétaire. Les beaux-parents n'avaient jamais voulu lui révéler l'adresse de leur fille. Ils n'avaient d'ailleurs plus jamais adressé la parole à Teapua jusqu'au décès de son père où ils n'avaient pas tardé à revendiquer la part de leur fille.

Comme la plupart des marquisiens de sa génération il parlait difficilement le français et n'essayait même pas de l'écrire. Après des mois de démarches rébarbatives qui s'étaient toutes soldées par des fins de non recevoir, Teapua avait fini par se décider à venir en personne de l'autre bout du monde pour sauver son moyen de subsistance. Il avait fini par obtenir l'adresse de mutation de son rival auprès des services de l'armée.

Sa femme avait donc vécu ici, dans mon village natal. Et lui avait passé là ces dernières semaines à chercher, à questionner, à fouiller, sans jamais trouver de suite à la piste qu'il suivait.

J'étais bouleversé par les paroles du dentiste et troublé par le fait qu'une histoire dont j'étais totalement étranger puisse me faire un tel effet. Je savais pourtant bien que l'évocation des Girard n'y était pas pour rien.

Ma voiture était restée là où je l'avais abandonnée, ce qui n'avait rien d'étonnant. J'avais juste un peu oublié de fermer la vitre et je dus étaler des sacs en plastique avant de m'asseoir dans le marécage. Le dentiste avait des câbles de batterie. Je l'observai prudemment brancher les pinces-crocodile. Je détestais les châtaignes électriques et toutes les étincelles en général. Ca me rendait nerveux. Le moteur démarra au quart de tour. Je ne réalisai l'ampleur de la catastrophe que bien plus tard, à mon retour à l'hôtel. Ma mallette avait disparue. Elle était posée là, sur le siège arrière : une certitude. Elle contenait mon ordinateur portable et tout mon dossier-clientèle que j'avais pris soin d'imprimer en cas de défaillance du disque dur. Deux précautions qui ne valaient pas mieux qu'une lorsqu'on se laisse aller au pire. L'idée qu'un rôdeur ait pu venir patauger dans ce bourbier en pleine nuit m'affligea encore plus que la disparition de mon outil de travail.

Prostré sur mon lit, je ruminai un bon moment la débâcle annoncée dans ma carrière professionnelle mais une autre idée, bien plus excitante, revenait constamment occulter mes pensées.
Rien de ce que m'avait raconté le dentiste au sujet de Teapua ne m'avait échappé et je me laissais aller à des idées bien éloignées d'un plan de sauvetage de ma tournée commerciale.

Teapua s'était en fait heurté au mur du silence si populaire dans nos belles provinces de France. Xavier Aymond qui ne pouvait rien faire de plus m'avait rapporté des comportements très explicites sur la mentalité de certains de nos concitoyens. Le marquisien s'était fait insulter plus d'une fois. On n'avait pas besoin d'étrangers ici, surtout lorsqu'ils venaient fouiller dans vos affaires. Qu'ils retournent chez eux ! Qu'ils dégagent ! On l'avait supposé terroriste, voleur, détraqué et même monsieur le maire avait fini par se ranger aux côtés des votants pour lui conseiller d'aller chercher du travail ailleurs, pour son bien. Teapua avait aussi appris à ses dépens qu'être un canaque pouvait devenir par chez nous la pire des injures. Ca l'avait beaucoup affligé, surtout pour ses amis du Caillou et il était devenu depuis ce jour d'une méfiance taciturne, préférant éviter les êtres vivants.

    Moi je repensais aux Girard. Ils avaient quitté le village depuis bien des années et venaient épisodiquement pour l'entretien de leur maison en location. Je connaissais bien cette habitation. Des souvenirs d'enfance me revenaient en mémoire. La mère Girard avait été ma nourrice pendant ma petite enfance et je revoyais comme si ça s'était passé la veille le visage paniqué de la pauvre femme qui m'avait ramassé au pied du grand escalier que j'avais dévalé avec ma trottinette. Je m'étais cassé un bras. Ca l'avait décidée à faire poser cette indispensable rambarde trop longtemps restée à l'état de projet.

Dominique me confirma qu'elle vivait toujours. A quatre vingt huit ans elle avait encore toute sa tête et en attendant l'arrêt de l'arbitre, elle somnolait devant la télévision à la maison de retraite des Glycines à Reims.

Je reléguai sans le moindre scrupule ma clientèle au second plan et je pris la route de la champagne pouilleuse, tout à fait conscient des conséquences qu'une telle décision entraînerait dans ma carrière.

    La vieille me reconnut tout de suite. Moi pas. Elle fondit en larmes en me serrant dans ses bras qui n'avaient plus rien des biceps de laitière qui me faisaient monter jusqu'au plafond lorsqu'on jouait à l'avion. Mes larmes vinrent un peu plus tard lorsqu'elle se remit à m'appeler Kiki et je dus pour rester digne contempler un moment par la fenêtre une table de ping-pong désertée au bord de la Marne... Je ne savais pas que les retraités jouaient au ping-pong.

Elle en savait plus que je n'aurais osé l'espérer.

Le sergent Chapuis avait été muté au troisième RIMAP de Lille. Elle se souvenait vaguement d'une jolie femme brune lors de la signature du bail de location mais comme la belle ne sortait jamais de la maison, elle n'avait pu faire sa connaissance. Elle était même persuadée que la jeune femme n'était pas restée longtemps là-bas.
Ce jour-là, la mère Girard m'avait rendu aussi heureux que l'enfant qu'elle avait connu. L'éclat que ma présence avait mis dans son regard n'y était pas pour rien.
Je promis de revenir.

La tournure prise par les événements qui suivirent ma visite aux Glycines avait de quoi surprendre ceux qui me connaissaient mais personne n'eut à en juger. J'étais seul et bien décidé à sortir enfin de cette cascade de déterminismes qui m'entraînait chaque jour un peu plus loin dans la mélancolie des idées obscures. J'inventai un arrêt de travail d'une semaine qui contraria suffisamment mon DRH pour que je n'ose ajouter la perte de mon fichier-clients et je raccrochai le téléphone avant-même qu'il m'en demande la raison. Je pris la route du Nord, troquant avec un sourire complice à mon libre-arbitre, ma casquette de voyageur de commerce contre celle de détective privé. Je ne cherchai même pas à analyser ma décision. Acte gratuit, assouvissement d'un fantasme, mission subconsciente capitale ou simple laisser-aller à exprimer ma propre nature sans contrainte ? Je ne voulais pas savoir. J'étais libre et décidé à user de cette liberté pour retrouver cette femme. Je ne savais même pas ce que je lui dirais mais cette décision me semblait totalement raisonnable puisqu'elle me rendait pour la première fois depuis longtemps heureux et dynamique.

Le sergent Chapuis était devenu garagiste. Après quinze ans de bons et loyaux services sous les drapeaux, il touchait une petite retraite qu'il arrondissait confortablement en réparant des voitures. Ce fut une aubaine pour moi car j'avais traversé les faubourgs de Lille en laissant un large sillage de fumée noire derrière ma voiture. J'avais pu ainsi discuter un bon moment avec Roger Chapuis pendant qu'il changeait les injecteurs de la Mercedes.

Il avait réussi à garder sa belle vahiné pendant près d'un an. D'après lui ça aurait pu durer toute la vie s'il n'avait pas été envoyé en mission au Kossovo. Personnellement, vu son penchant pour le Ricard qu'il trouvait plus désaltérant que l'eau pure, compte-tenu de la gueule de son Pit-bull et attendu le nombre de photos de femmes nues étalées sur les murs de l'atelier, je trouvais que le Kossovo avait bon dos et je ne fus pas surpris d'apprendre que la femme de Teapua était partie avec le capitaine du régiment. La montée en grade n'était pas une exclusivité militaire, loin s'en fallait. Et lorsque je vis l'épouse du garagiste rentrer au foyer avec ses quatre enfants en tenant son ventre d'où un cinquième ne tarderait pas à sortir, je n'eus pas le cœur de poser toutes les questions qui me brûlaient sur les îles Marquises. J'en savais suffisamment pour reprendre la route.

Malgré la petite bruine qui rendait la conduite dangereuse et fatigante, j'aurais pu rouler toute la nuit tant mon excitation croissante me dynamisait. Je n'étais plus qu'à une quarantaine de kilomètres des Sables d'Olonne où résidait le capitaine Tavenaux lorsque le flash d'un radar de la gendarmerie m'obligea à redevenir un citoyen docile et repentant. Je n'avais sincèrement pas vu le panneau d'entrée de village. Je ne voyais d'ailleurs même pas ce que ce tronçon rectiligne de nationale à quatre voies avait d'une agglomération à part la ferme sinistre derrière le mur de laquelle les gendarmes insomniaques s'étaient planqués mais je dus par contre admettre que mes pneus étaient très usés et je finis par comprendre après avoir prouvé ma sobriété en soufflant dans le ballon que me taire était la meilleure attitude à adopter si je voulais continuer ma route. Je promis de changer mes pneus dès l'ouverture des garages et je repartis à cinquante kilomètres heure en me félicitant de n'avoir pas laissé mon permis de conduire dans ma mallette disparue.

Contre toute attente ce fût elle qui vint ouvrir. Je ne pensais pas la retrouver aussi vite et je fus presque déçu de devoir mettre déjà un terme à ma carrière de détective privé. Elle s'appelait Hina et elle était aussi jolie que me l'avait décrite Teapua. Les années et la vie métropolitaine confortable en avaient fait une belle femme mûre avenante et pleine d'assurance. Elle était désolée de m'apprendre que le commandant était absent. Ainsi, lui aussi avait pris du galon ! L'homme de guerre attendait l'ordre du général pour partir en Irak avec ses hommes mais le gouvernement y restait opposé et elle n'avait pas la moindre idée de la date de retour de son mari. Ce n'était pas un problème car c'était justement elle que je venais voir. Elle parut surprise mais son attitude changea totalement lorsque je prononçai le nom de Teapua. A mon grand soulagement elle ne me claqua pas la porte au nez. Elle me dévisagea un long moment avec curiosité « Vous le connaissez ? » finit-elle par me demander avec une émotion palpable dans la voix.
Elle m'offrit un café sur la terrasse de l'appartement qui donnait directement sur l'immense plage de sable. L'air était doux et le soleil pointait timidement ses rayons à travers les nuages repoussés vers l'est par un léger vent du large. Mon regard se perdit sur l'horizon d'un océan calme et grisâtre. Une petite voile inclinée s'éloignait doucement vers l'ouest. Combien de temps lui faudrait-il pour atteindre Hiva Oa ? Je n'en avais pas la moindre idée et la seule pensée d'un tel périple me donnait le mal de mer.

Hina se disait la plus heureuse des femmes et rien au monde n'aurait pu l'obliger à retourner à cette vie monotone sur ce rocher volcanique isolé au bout du monde où pas un avion ne traçait jamais le moindre sillage dans le ciel. Elle y serait morte d'ennui.

Ce fut lorsque je lui appris que Teapua avait refait sa vie avec une autre qui lui avait donné trois enfants que je vis de la tristesse dans son regard. Sa confiance en moi me toucha profondément lorsqu'elle m'avoua avoir toujours cru que Teapua ne pouvait pas avoir d'enfant. Le commandant Tavenaux en avait deux de sa première femme. Hina pouvait lui demander tout ce qu'elle voulait mais pas un enfant. Il était intraitable sur le sujet et elle s'était fait une raison. Je venais bien malgré moi de lui apprendre qu'elle était stérile. C'est le genre de révélation habituellement réservée aux médecins mais après tout pourquoi pas également aux détectives privés qui se doivent de tout savoir pour réussir.

Je n'étais pas particulièrement fier de moi mais je devais bien admettre que certaines vérités sont bonnes à dire, même involontairement.

La suite fut d'une simplicité presque déconcertante.

Hina n'avait plus aucun ressentiment envers Teapua et si elle ne regrettait pas son départ, elle s'en voulait beaucoup de l'avoir fait souffrir inutilement. Elle acceptait tout ce qu'elle avait refusé depuis si longtemps. Le divorce qui lui permettrait de devenir enfin légalement madame Tavenaux, la cession de sa part foncière à Taaoa. Qu'avait-elle à faire à présent de ce lopin de cocotiers qui lui rappelait tant l'écœurante odeur du coprah fermenté ? Ici elle était heureuse puisqu'elle avait tout. Et le bonheur ça rend généreux !

En signant la promesse de divorce à l'amiable, elle savourait déjà la belle surprise qu'aurait commandant à son retour. Elle lui avait fait promettre de ne plus jamais aborder ce sujet pour tirer un trait sur son passé marquisien et probablement refouler ainsi sa mauvaise conscience.

Pour la première fois depuis bien longtemps, je me sentis utile.

Je ne posai à Hina aucune des questions qui me brûlaient sur les îles Marquises. J'avais trop peur de ses réponses à coup sûr décourageantes. Je ne savais pas encore vraiment ce que j'allais faire du manuscrit qu'elle venait de signer. Le plus simple était de l'envoyer par la poste et de reprendre ma vie en main avec la satisfaction d'avoir réussi ma mission. C'est elle qui me fit faire le pas décisif en me demandant si j'allais aller là-bas. Ma réponse avait tout d'une bravade mais elle n'en sut rien : « Oui, bien sûr. Je pars dans quelques jours. Teapua m'attend !»

J'étais décidé à rentrer directement sur Paris et si je n'avais pas perdu mes clés de voiture j'en aurais pris le risque malgré le manque de sommeil qui commençait à se faire sentir. Je passai finalement le restant de la matinée à ratisser le sable de la plage sans succès. Un gamin vint même à ma rescousse avec son détecteur de métaux mais il ne trouva qu'une montre rouillée définitivement bloquée le seize août à dix huit heures vingt deux. C'est Hina qui repêcha mon trousseau que le ressac du jusant venait de découvrir. Sans elle, mon bain de pieds dans l'eau glacée aurait sérieusement compliqué ma journée.
J'optai finalement pour un petit hôtel sur le port et un plateau de fruits de mer en terrasse vitrée. Dans l'après-midi je scellai définitivement mon destin en entrant dans une agence de voyage où je pris un billet pour Papeete avec une correspondance Air-Tahiti pour Hiva Oa. La fille de l'agence me félicita. Elle trouvait que j'avais de la chance. C'est sûr qu'à ce prix là, tout le monde ne pouvait pas être aussi veinard. Ce ne serait probablement pas l'avis de mon banquier.

J'arrivai à Clichy à l'heure des embouteillages. La pluie qui avait repris de plus belle ajoutait sa touche aqueuse à la pagaille ambiante en rendant la chaussée très glissante. Des conditions propices pour que j'emboutisse la minuscule voiture toute neuve du grand-père qui attendait devant moi le passage au vert du dernier feu avant l'entrée de mon garage. L'agent de la circulation n'avait rien voulu savoir. Pour lui, j'avais des pneus lisses et il n'y avait pas à chercher d'excuses. Et malgré toute la bonne foi du grand-père qui avouait avoir écrasé la pédale de frein en voulant débrayer, erreur qu'il avait déjà répétée mainte fois depuis deux jours qu'il avait sa première voiture automatique, le policier s'en tint aux textes. Je n'étais pas resté maître de mon véhicule qu'il détaillait d'un air de plus en plus suspicieux. Comment aurais-je pu freiner alors que j'accélérais pour suivre l'ancêtre et dégager la voie aux impatients qui klaxonnaient déjà ? « Et si cela avait été un enfant ? » me sermonna le fonctionnaire. Je faillis lui répondre que si la sœur de ma mère en avait …mais je m'abstins. Je signai mon deuxième délit en deux jours et je promis de faire changer au plus vite mes pneus, mes phares, mes clignotants et ma plaque minéralogique. Le grand-père se plaignait vaguement de douleurs à la nuque mais je mis cela sur le compte de l'humidité excessive et il n'insista pas.

L'Airbus A340 d'Air Tahiti Nui décolla dans le brouillard. J'avais une place près d'un hublot juste derrière l'aile au bout de laquelle une fleur de tiaré déployait ses pétales blancs. Ma volumineuse voisine me demanda si je descendais à Los Angeles. Elle me tutoyait comme si on se connaissait depuis toujours. Elle fut un peu déçue par ma réponse car elle aurait aimé s'étaler sur les deux sièges pour dormir au dessus du Pacifique. Elle aussi trouvait que j'avais beaucoup de chance d'aller aux Marquises. Elle habitait Tahiti et ne connaissait pas le Fenua Enata mais elle avait de la famille à Fatu Hiva et comptait bien y aller un jour si Dieu le voulait.
A mesure que l'avion prenait de l'altitude la grisaille se transformait en coton d'une blancheur de plus en plus lumineuse.

Et soudain le ciel passa au bleu pur. Un soleil éclatant illumina la cabine. Mes yeux me brûlèrent mais je ne pus détacher mon regard de l'éblouissante mer de nuages qui tirait un rideau blanc sur la première moitié de ma vie.

Le voleur

Nika transpire. Il meurt d'envie de se mettre à l'aise, de jeter par la fenêtre grande ouverte son tee-shirt moite qui dégage une puissante odeur de fauve mais il se retient. Pas de provocation inutile. C'est sa devise depuis qu'il est en sursis dans l'établissement et il s'y accroche avec une détermination exemplaire qui surprend beaucoup et inquiète même un peu. Il n'est pas seul à souffrir de la chaleur mais étant le plus corpulent de la classe, c'est assurément lui le plus oppressé. Le ciel de cet après-midi de mars est sinistre. Figé par la panne d'alizé, l'océan ressemble à un immense lac aux couleurs de noyade. Dans le sud-est, Motane, l'île déserte toute proche, sombre sous les décharges disruptives d'un orage d'une rare violence. Des grondements puissants et répétés ébranlent les vitres du collège et de grosses gouttes chaudes crépitent déjà comme une pluie de graviers sur les tôles du préau.

Impassible à cette déclaration de guerre, Madame Colignon continue sa ronde entre les tables, vérifiant méticuleusement l'avancement du travail. Ignorant le bruit et l'étouffante moiteur de l'air, elle semble indifférente aux effluves des corps qui plombent l'atmosphère épaisse. Seules les auréoles qui souillent sa robe sous les bras et l'agitation continuelle de son cahier en guise d'éventail prouvent le contraire.

« *J'ai choisi une orientation en Construction de Bâtiments et Gros Œuvres parce que j'aime le travail physique et aussi parce que...* » Depuis un bon quart d'heure qu'elle lui a demandé d'éviter la répétition du « *parce que* » Nika n'a pas écrit un mot de plus. Il pourrait remplacer ce deuxième « *parce que* » par un « *car* » mais pour ajouter quoi ? Son véritable problème n'est pas tant son manque de vocabulaire que l'absence totale d'imagination dont il a toujours fait preuve dans le domaine de l'écriture. Il n'a jamais lu un livre en entier. Il n'écrit à personne et n'a jamais reçu la moindre lettre de quiconque. Alors écrire une lettre de motivation pour d'hypothétiques inconnus dans le seul but d'avoir le droit d'apprendre à charger une bétonnière lui semble totalement incongru. Du reste, pour être sincère, c'est surtout de motivation qu'il manque. Depuis le début de l'année scolaire on exige de lui qu'il ait un projet, un plan d'avenir. On le voudrait même enthousiaste à l'idée de commencer bientôt sa vie d'homme avec des objectifs précis, une volonté farouche de réussir, un souci permanent d'avoir une situation, une famille, un futur… Mais comment leur faire comprendre à tous ces adultes cultivés confortablement installés, salariés et assurés d'une retraite méritée? Comment leur expliquer que sa tête est vide de passé comme d'avenir et que seule compte pour lui l'urgence du présent immédiat? Les idées semblent planer au-dessus de son crâne avant d'en heurter les parois. Sa tête est si dure que rien n'y pénètre, on le lui a tellement répété. Il a pourtant souvent essayé de leur faire part avec sincérité de son malaise, de son incapacité à se projeter dans un avenir, même proche, mais cela s'est toujours soldé par des remontrances pour arrogance, pour insolence et autres fumisteries dont il a paraît-il le secret. Sa dernière punition lui laisse encore un goût amer dans la gorge. C'était hier, en cours d'anglais. La toute jeune mademoiselle Serres avait trouvé judicieux de lui faire gratter sa table maculée de vieux chewing-gum parce qu'il avait osé entrer dans la classe sans ôter sa casquette et qui plus est, affront suprême, en mâchant du chewing-gum. Un double oubli des plus fâcheux. Il s'était donc exécuté sans broncher, grattant et ponçant le plus discrètement possible les petites galettes durcies pendant que Mademoiselle Serres qui était intarissable d'éloges pour l'illustre Shakespeare essayait de faire prendre conscience à ses élèves qu'il existe, comme chaque marquisien semble ne pas le savoir, une grande différence de prononciation entre le ON et le AN. Elle voulait en finir une bonne fois pour toutes avec cette confusion regrettable, ce qui prouvait sa grande naïveté et son manque d'expérience de l'enseignement linguistique aux îles Marquises. Elle ne voulait plus jamais entendre « Je ponse » Désormais tout le monde devrait faire l'effort de dire : « Je pense...AN, AN, AN...je pense donc je suis », condition ô combien indispensable à une bonne expression orale. Nika écoutait d'une oreille distraite en frottant son papier abrasif sur le bois de sa table. Dans sa situation, c'était évident, il aurait eu tout intérêt à se taire mais on ne se refait pas, surtout lorsqu'on en a nullement l'intention. C'était donc à titre d'exemple qu'il avait déclamé sans même avoir la délicatesse de demander la parole : « je ponce donc j'essuie !» L'hilarité générale déclenchée par cette pensée à la chlorophylle n'avait pas été du goût de tout le monde et Nika en avait pris pour deux mercredis après-midi de production de versions anglaises.

Alors aujourd'hui, il préfère se taire et courber le dos sur sa feuille quasi vierge plutôt que de risquer une fois encore de déranger, de fâcher et d'exaspérer. Après tout, se rouler dans l'échec peut être aussi jouissif que des bains de boue. Il a encore tellement d'êtres à décevoir, tellement de précipices à sonder. Pourquoi ne s'accommoderait-il pas de son propre désastre, de son assiduité à l'inutile, à l'apathie ? Pourquoi devrait-il craindre l'haleine glacée de cette autre créature cachée en lui ? L'avenir n'est-il pas facultatif et la réussite un simple fait divers social, une tumeur provisoire ?

Si seulement il connaissait les mots justes pour expliquer ses souffrances, ses dégoûts, ses chagrins, ses rêves de précipices, ses apartés avec son squelette !

Un éclair plaque un instant sa lumière froide sur la classe studieuse. Nika compte. Une, deux, trois, quatre, cinq, six secondes...Un grondement sourd et prolongé se propage sur l'océan et se répercute dans les montagnes toutes proches. L'orage se rapproche, le son rattrape la lumière, la pénombre s'installe. Madame Colignon se résout à allumer les néons, fermement décidée à voir ses élèves terminer le travail avant la fin du cours. Nika observe discrètement cette femme inflexible. Il la trouve majestueusement affreuse dans cette robe en tissu à rideaux qui souligne en elle une sensualité de château-fort. A-t-elle seulement conscience de l'influence qu'elle exerce sur ses élèves ? « Tu n'es qu'un parasite qui a besoin du travail de ceux que tu méprises ! » Lui a-t-elle récemment déclaré lorsqu'il a voulu justifier son dégoût pour la servitude. Pour elle, chacun doit se plier aux deux principes qui gouvernent le monde : la crainte de la société qui est le fondement de la morale et la crainte de Dieu qui est celui de la religion. Et c'est bien là le grand problème de Nika qui ne se soumet pas plus à l'une qu'à l'autre. Il trouve aussi stupide de baisser les yeux devant un gendarme que de s'agenouiller dans une chapelle pour donner son cœur à des statues de pierre. Et s'il est ainsi c'est par la volonté de cette foule d'ancêtres qui s'agitent dans son sang, il le sait, il le sent. Rien ni personne ne pourra le changer, pas même cette femme de marbre qu'il ne peut s'empêcher de sentir harassée par les visites de la vieille qu'elle sera bientôt.

L'heure est interminable et avec le vacarme que fait la pluie il va être impossible d'entendre la sonnerie de fin des cours.

Résigné, Nika cherche l'inspiration dans les méandres d'une fissure qui lézarde la peinture verte du mur. La fine crevasse s'étire depuis l'angle de la fenêtre, révélant l'inexorable travail destructeur du temps. Il suit la fêlure de son doigt, détournant au passage la progression d'une colonne de fourmis microscopiques qui s'attaquent aussitôt à l'importun. Le seul programme de vie qui lui vient à l'esprit se résume à un mot : respirer !

C'est Maria, la surveillante, qui vient enfin rompre cette torpeur. Sa maigre silhouette ruisselante de pluie s'encadre dans l'entrée.

- Excusez-moi madame mais on demande Nika au bureau du directeur !
- Comment ça? Maintenant ? Ca ne peut pas attendre la fin de l'heure ?
- Non madame, c'est urgent ! Je viens le chercher !
- Et bien soit ! Soupire-t-elle. Allez mon pauvre Nika, prends tes affaires et disparais ! Pour ce que tu as à écrire de propre, ce ne sera pas une grande perte de production !

Nika n'entend pas les rires anonymes provoqués par le cynisme de madame Colignon manifestement outrée de le voir échapper à son emprise. Ce ton méprisant qu'elle a eu pour prononcer son nom l'écœure. En marquisien, nika signifie foncé, basané mais on peut aussi le traduire par sale ou boueux. Et c'est bien de ce second sens qu'elle vient de le souiller, comme on lance en dernier recours une insulte à un fuyard hors d'atteinte. Il a presque envie de forcer la vieille à ravaler ses paroles. Il ne s'appelle pas Nika mais Enoka, comme son grand-père, Enoka Vaidimoin, de la grande lignée canaque des Vaidimoin à laquelle il est fier d'appartenir. C'est vrai qu'il a quitté la Grande Terre à l'âge de cinq ans et qu'il n'a pratiquement aucun souvenir de la vallée de la Tchamba où vit toujours le vieil Enoka. C'est vrai qu'il a la peau foncée, plus sombre que la plupart de ses camarades marquisiens qui lui ont tout naturellement donné ce surnom sans autre arrière pensée. C'est vrai qu'il a les lèvres plus épaisses, le nez plus épaté et les cheveux plus noirs et plus crépus. Oui, il est canaque et même s'il vit ici depuis bientôt douze années, il en est fier et n'acceptera jamais qu'on le salisse, surtout de la part d'une *ferani*[25] dont le pays n'est pas réputé pour être des plus respectueux avec les basanés. Les poings serrés, il soutient un moment le regard noir de la vieille. Sent-elle au moins qu'elle est à deux doigts de recevoir une chaise sur son maigre chignon trop

---

[25] :ferani = française

serré ? Elle est pâle. Une pâleur d'où le sang s'est retiré pour ne plus s'interposer entre eux. Une pâleur à secréter du désastre, à oublier que l'heure du crime ne sonne pas en même temps pour tous les peuples. Mais il se ravise, soudainement rassuré par l'idée prémonitoire qu'il n'aura plus jamais affaire à cette triste femme. Il jette un regard furtif à Maria et comprend, à son expression, que d'autres ennuis commencent. Il sort et se met à courir derrière elle sous la pluie. Le ciel s'est encore assombri, noyant une dernière trouée du soleil dans des vapeurs rouges qui inondent le collège de couleurs d'étangs. Mais Nika veut en savoir plus avant de continuer à courir ainsi. Il ne craint pas la pluie qui le rafraîchit délicieusement ni même l'orage qui déchire enfin cette torpeur d'où il émerge avant l'heure. Une convocation d'urgence chez le directeur ne présage rien de bon et il n'est peut-être pas nécessaire d'y aller en courant. Il s'arrête et cherche à nouveau le regard de Maria qui le presse alors d'un air affolé « les gendarmes ! »

L'opération avait pourtant été rondement menée. Il faut dire qu'il l'avait soigneusement préparée. Caché dans la brousse, il était resté trois vendredis matin de suite à observer la maison et ses conclusions étaient nettes et précises. Les habitants du lieu quittaient leur domicile vers sept heures. D'abord la femme et l'enfant, en voiture, puis l'homme avec la moto, après avoir méticuleusement fermé les portes et les fenêtres en bambou tressé. Ils ne rentraient invariablement qu'après onze heures trente. L'avantage avec les gens qui travaillent est double, ils ont des horaires prévisibles et en plus ils ont de l'argent. Evidemment les absences répétées et injustifiées de Nika au collège lui avaient valu plusieurs avertissements rapidement suivis d'une mise à la porte pour trois jours mais c'était un prix raisonnable à payer pour une telle affaire.

Le quatrième vendredi, il avait donc décidé d'agir. Il avait attendu une bonne demi-heure dans la brousse après le départ de la moto et lorsqu'il avait eu la certitude que le champ était libre, il s'était discrètement glissé, pieds nus, sur la terrasse. Il avait été rapide, silencieux et efficace, dérangeant à peine une grosse chatte endormie sur un fauteuil. Un coup de couteau dans le tressage lui avait permis d'atteindre le verrou intérieur et en moins d'une minute, il était à l'abri des regards, libre d'assouvir tous ses désirs dans la caverne d'Ali Baba. Et il ne s'était pas privé. Il avait trouvé un grand sac de voyage dans lequel il avait bourré, pêle-mêle, des disques, des cassettes vidéo, des bibelots, de la bière, du whisky, du vin, une montre, du chocolat, des lunettes de soleil, des cuisses de poulet congelées, des sandales et une série de shorts et de tee-shirts à sa taille. Il avait aussi trouvé de l'argent, à peine caché dans un tiroir. Il était ressorti une dizaine de minutes plus tard, son gros sac plein sur l'épaule. Il avait même pris le temps de déguster une poire sur la terrasse. Un délice! C'était la première fois de sa vie qu'il mangeait ce fruit importé. Avant de disparaître dans la brousse, il avait jeté le trognon dans l'eau bleue de la piscine, pour le plaisir.

Comment pouvait-il savoir que tout ceci avait été intégralement filmé ? Comment aurait-il pu voir la minuscule caméra cachée sous une poutre ?

Le grain redouble de violence. Maria court sans se retourner. Elle disparaît derrière le rideau de pluie chaude qui achève de transformer la cour en bourbier. Nika ne suit pas. Un réflexe soudain vient de lui faire prendre une autre direction, une décision capitale, un choix définitif. Il prend à gauche, saute la clôture du foyer des garçons d'où il s'est récemment fait exclure pour l'avoir trop souvent confondu avec un hôtel où l'on vient parfois dormir. Il longe les cuisines qui exhalent un écœurant mélange de fruit à pain bouilli et de coprah rance. Une bande de chiens faméliques attend patiemment l'heure des restes à l'abri des tôles. Effrayés par le tonnerre, ils le regardent passer en gémissant. Il saute le fossé qui se transforme déjà en torrent boueux et se retrouve dans la cocoteraie, à l'abri des regards. Alors un sentiment de pure liberté commence à l'envahir, une délicieuse sensation aussi rare que fugace qu'il ne veut déjà plus perdre. La foudre et le tonnerre sont quasiment synchrones. Plus la peine de courir, il a sa vie bien en main à présent et il peut marcher. L'eau ruisselle sur son visage. Les cocotiers secoués par les bourrasques lâchent leurs palmes mortes et leurs noix sèches qui pilonnent lourdement le sol autour de lui. Mais rien ne peut plus lui arriver puisqu'il n'y a plus d'hommes. Nika est libre. Il est basané, sale et boueux mais tellement heureux.

Salomé est heureuse elle aussi. Pourtant elle craint l'orage comme personne. Surtout le tonnerre qui fait vibrer ses entrailles avec la montagne. Ces grondements effrayants la terrorisent au point de vouloir hurler mais pas un son ne sort de sa bouche grande ouverte. Aucun orage, si puissant soit-il, ne lui fera jamais pousser le moindre hurlement. Elle est muette. Elle a presque seize ans.

Le bien-être a remplacé l'angoisse depuis quelques minutes seulement, depuis que la fumée de sa petite pipe de *pakalolo*[26] s'est insinuée dans ses poumons, dans son sang et son cerveau. Une délicieuse langueur l'a envahie par les jambes pour remonter comme une onde jusqu'à la racine de ses longs cheveux noirs. A présent, libérée de ses inhibitions, elle admire le paysage sans la moindre appréhension. Elle se délecte de ces gigantesques ramifications de lumière bleutée qui incendient le ciel jusque dans

---

[26] : pakalolo = cannabis

l'océan. Elle est au spectacle, blottie sur son *peue*[27] au fond de la petite grotte que la mer a creusée dans la falaise et qui lui sert d'abri. Elle regarde l'écume des vagues qui se brisent sur les rochers, en contrebas. Une mousse souillée par les eaux boueuses qui commencent à envahir la mer et par cette teinte jaunâtre qu'a prise la lumière sous la chape de l'orage. Elle aurait presque envie de chanter cet air qui trotte dans sa tête, une petite comptine d'écolière tatouée dans son cœur…juste comme ça, pour le plaisir, pour se sentir moins seule. Mais rien ne sort. Elle est muette et c'est ainsi. Cette chansonnette que lui fredonne sa mémoire, l'histoire des trois vilains petits chats, elle se souvient pourtant clairement l'avoir chantée à haute voix. Sa maman l'avait alors applaudie très longtemps et tout le monde riait dans la maison. Elle s'en souvient comme si c'était hier. Elle s'était sentie aimée et admirée. C'était un de ses rares souvenirs d'enfant doué de parole. Mais elle en avait un autre, le dernier, bien différent et terriblement douloureux. Une plaie béante que les années ne parvenaient pas à cicatriser et par où sa voix s'était définitivement perdue. Elle en ressentait encore aujourd'hui toute la violence. C'était une terrible gifle administrée à toute volée par sa mère qui refusait d'entendre ce que, disait-elle, sa petite garce de Salomé avait inventé à propos de son papa. La petite avait été tellement choquée par ce qu'il lui avait fait qu'elle hurlait toutes les nuits et préférait faire pipi au lit plutôt que d'oser se lever seule. La gifle avait été telle que pendant plusieurs minutes Salomé avait cru mourir de douleur en entendant cette sirène déchirante dans sa tête. Depuis ce jour aucun mot n'était plus jamais sorti de sa bouche. Un silence salutaire pour ses parents qui préféraient définitivement ne rien entendre. Avec le temps, ils avaient même fini par assimiler Salomé à une enfant déficiente et faute d'école spécialisée dans l'île, il avait bien fallut la retirer du système scolaire. Une triste fatalité en quelque sorte.

---

[27] : peue = natte

Salomé avait subit cette malédiction jusqu'à l'âge de treize ans, partagée entre le rôle de Cosette muette qu'on lui avait assigné et le besoin vital de compenser son infirmité par la lecture. Et puis un jour elle était partie sans que personne ne s'y oppose vraiment. Après tout, si elle pouvait se débrouiller seule, il y avait encore tant de bouches à nourrir au foyer. Depuis ce temps, elle vivait plutôt bien. Certes ce n'était pas un bien-être matériel mais plutôt une sorte d'ivresse de liberté insouciante. Seule, elle n'avait plus peur et en les tenant constamment à distance, elle ne craignait plus les adultes. Personne ne pouvait plus l'approcher. C'est elle qui venait, seulement s'il le fallait, toujours les pieds nus et prête à courir vite et longtemps, comme nul ne pouvait le faire ici. Seul Nika savait la faire sourire. Il y a quelques mois, il était venu s'asseoir près d'elle sur ces rochers. Elle avait tout de suite compris en regardant ce gros garçon triste s'approcher maladroitement de son repaire qu'elle n'avait rien à craindre de lui. Elle ne l'avait pas chassé et ne s'était pas enfuie. Il n'avait rien dit pendant de longues minutes. Il ne s'était pas senti obligé de parler pour deux. Il avait respecté son silence. D'ailleurs il n'avait rien de particulier à lui dire. Il était là simplement parce qu'il venait de pleurer longtemps, assis sur la plage et quand il avait eu fini et que plus aucune larme n'avait voulu couler de ses yeux, il avait reconnu la muette qui l'observait, assise sur son rocher. Personne n'avait depuis bien longtemps été le témoin d'une de ses crises de larmes et c'était une raison suffisante pour se rapprocher d'elle et peut-être même confronter leurs solitudes. Il l'avait ressentie comme elle était vraiment, seule, fragile, blessée et libre. Pour Salomé, c'était le premier être de son monde capable de cela. C'est pour cette raison qu'elle aimait Nika.

    Et puis la vie est devenue plus facile depuis qu'il prend soin d'elle. Inutile à présent d'aller quémander sa pitance à droite ou à gauche, chez qui veut bien faire preuve de pitié. Depuis l'arrivée de Nika, il lui suffit de pêcher des crabes, des porcelaines ou des rougets. Elle cueille aussi les mangues, les noix de coco, les papayes, les fruits à pain et tout ce qu'ici la nature sait donner généreusement toute l'année. Nika s'occupe du reste. Il lui réserve même parfois de belles surprises. Vendredi dernier, il est arrivé en chantant avec un gros sac très lourd. Ils ont fait la fête tous les deux dans la grotte jusqu'à très tard dans la nuit. Ils ont bu du vin, de la bière et même du whisky en mangeant des cuisses de poulet grillées et du chocolat. Il lui a aussi offert une jolie montre et des lunettes de soleil qui lui donnent, dit-il, un air de star. Mais ce qui l'a véritablement remplie d'espoir et de joie c'est lorsqu'il lui a déclaré que bientôt ils partiraient tous les deux pour ne plus jamais revenir. Il l'emmènerait là-bas, en Nouvelle Calédonie, en Kanaky comme il dit avec tant de fierté. Il lui présenterait son grand-père et ils vivraient tous les deux à ses côtés, pour toujours. Et même s'ils étaient ivres tous les deux ce soir là, Salomé savait qu'il tiendrait sa promesse.

Nika est remonté par la brousse jusqu'au cimetière. De là, il sait comment redescendre jusqu'à la plage sans être vu. L'orage est son allié. Personne n'ose mettre son nez dehors par un temps pareil et seules quelques voitures passent au ralenti en contrebas sur le béton transformé en torrent. Il prend par le port, là où les maisons deviennent plus cossues, les terrains plus vastes et les clôtures plus hautes. Depuis quelques temps, des murs ont même remplacé les haies d'hibiscus et de bougainvilliers. C'est plus sûr et cela supprime avantageusement les corvées de taillage. Il passe sous la grande maison neuve de Teiki, le banquier. Sa voiture est garée là, sur la route, à quelques mètres. Un superbe 4x4 japonais noir aux roues chromées débordant les ailes. Même les vitres teintées sont noires, donnant au véhicule un côté secret et mystérieux. Nika ne peut s'empêcher de rester là un moment à admirer ce bijou ruisselant sous la pluie. Il s'approche. Il n'y a personne dans les parages. Il distingue à peine une petite lumière au loin dans le garage d'où montent des bruits de coups de marteau sur de la tôle. Alors il franchit un pas de plus dans le voyage insensé qu'il vient d'entreprendre depuis qu'il a faussé compagnie à Maria. Il actionne la poignée de la porte du conducteur. Elle s'ouvre en allumant le plafonnier et d'un bref coup d'œil, il voit la clé sur le contact. En s'asseyant sur le velours gris du siège, ses grosses fesses trempées font un bruit d'éponge que l'on presse. Il retient de justesse un fou-rire avant de desserrer le frein à main. La voiture descend doucement en roue libre jusqu'au carrefour. Alors, sans le moindre état d'âme, il tourne la clé.

Salomé s'est assoupie. Elle rêve. Elle fait un grand voyage d'où elle a écarté un dieu voyeur et espion, un juge impitoyable qui épouvante tant de consciences adolescentes et auquel elle ne croit plus depuis plusieurs années. Responsable d'aucun événement ni aucune institution, elle triomphe de la Terre par son désir de n'y rien fonder et piétine avec délice des châteaux de sable sur une immense plage pleine d'enfants sans bouche sur un fond de silence et de vide.
- Salomé, réveille-toi ! Allez, debout, vite, on s'en va !

Elle s'éveille en sursaut. Nika est là qui s'agite frénétiquement autour d'elle en bourrant le sac de voyage de tout ce qui lui tombe sous la main.
- Allez princesse, secoue-toi, il faut partir ! Insiste-t-il en la soulevant par le bras.

Elle le questionne de ses grands yeux noirs. Que se passe-t-il ? Elle veut comprendre !

Le visage de Nika s'illumine alors d'un sourire de crème à bronzer réservé aux grandes occasions :
- On part en voyage, c'est maintenant ou jamais, dépêche-toi ! Je t'expliquerai dans la voiture !

Quel voyage ? Quelle voiture ? Et pourquoi se précipiter ainsi ? Une foule de questions sans réponse passe dans son regard mais elle doit bien se rendre à l'évidence : Nika est très pressé et ne lui laisse pas le choix. Il a certainement de bonnes raisons pour cela. Il a d'ailleurs toujours de bonnes raisons d'agir et elle n'a jamais été déçue de sa confiance en lui. Alors pourquoi hésiter ?

  La nuit a eu raison de l'orage. Le ciel rincé scintille d'étoiles et une légère brise d'Est s'est installée, poussant au large les dernières traînes sombres du grain.
Le foyer de la pipe de Salomé fait un point rouge qui se reflète dans le pare-brise, passant alternativement du chauffeur à la passagère. Il vient s'ajouter à toutes ces petites lumières colorées qui illuminent le tableau de bord. Nika roule prudemment. La piste boueuse est souvent en dévers et même en quatre roues motrices, il sent bien que le véhicule est trop silencieusement puissant pour pardonner une erreur de conduite. Une glissade à gauche ne froisserait que la tôle contre les pans de montagne taillés à la pelle mécanique mais sur la droite, elle se solderait immanquablement par un plongeon vertigineux et un bon nombre de tonneaux et d'arbres brisés dans les pentes abruptes qui mènent aux rivières. Tout va bien. Ils n'ont croisé que deux voitures dans le village mais, protégés des regards par la nuit et les vitres teintées, personne n'a pu les reconnaître. Ils ont aussi doublé deux chasseurs à cheval entourés d'une meute de chiens excités mais Nika sait bien qu'ils ne redescendront pas de la montagne avant demain ou même dimanche. Salomé est heureuse car elle peut enfin écouter les CD que lui a offerts Nika. Elle trouve la sono géniale et pousse le volume à fond, laissant s'échapper dans la nature un curieux mélange d'air froid et de rythmes frénétiques. Ils ont ouvert les vitres car la climatisation que Nika ne stopperait pour rien au monde commençait à les faire grelotter dans leurs vêtements mouillés. En touchant à tout Salomé a même trouvé un bouton qui a fait glisser toute la partie avant du toit sur l'arrière et leur voyage se fait à présent à ciel ouvert. Nika commence à

prendre de l'assurance. Le véhicule lui obéit parfaitement. Il pianote en rythme sur le volant et fredonne avec le chanteur des paroles étranges qui l'amusent : « *Qu'est-ce que tu veux que je te dise ? La messe ? Je la sais pas, Non ! Le procès ? J'y étais pas, Bon ! Le compte en banque, j'ai pas connu, les SICAV non plus ! J'ai pas vendu des chevaux ! J'ai assassiné aucune vache !* » Salomé se réserve le refrain. Elle mime la chanteuse qui répond d'une voix haut perchée : « *Ce que tu dis, c'est si bon. Et j'y suis. Je peux te suivre. Je la vis. Ta chanson me rend libre. Parle-moi ! Parle-moi ! Redis-moi les mots encore et encore !* »

Ils avaient décidé d'un commun accord de monter jusqu'au col de Tapeata, une ballade qu'ils ont souvent faite à pied à la période des framboises. Ils voulaient faire une pose sur le toit de l'île pour admirer le paysage et voir la Lune se lever sur l'océan mais Nika vient d'avoir une meilleure idée. Il prend à gauche vers l'aéroport, juste après les grandes plantations de pins. A partir de là leur parcours devient difficile à décrire et son incohérence ne manquera pas de plonger les gendarmes dans une profonde perplexité tant il est certain qu'ici le goût pour l'absurde n'est pas encore entré dans les mœurs. La poignée d'habitants qui vit sur l'île n'en est encore qu'aux coûteux balbutiements des chaînes de télévision par satellite et si les nuits pornographiques sont explicites, les bombes humaines et les charniers planétaires restent encore des abstractions lointaines et improbables.
Pour s'engager sur la piste d'envol totalement clôturée Nika n'a pas d'autre choix que de passer par le hall d'embarquement. Ici, tout est désert et plongé dans l'obscurité. L'activité ne reprendra que demain matin avec l'arrivée du vol AIR- TAHITI en provenance de Nuku Hiva. Le 4X4 monte les quelques marches du bâtiment avec la même aisance que dans la publicité qui le fait vendre à la télé. Nika prend par la cafétéria juste pour le plaisir de renverser les tables et les chaises à coups de pare-chocs. Les pneus

font un bruit nouveau plutôt sympathique en crissant sur le carrelage encaustiqué mais c'est surtout du spectacle du mobilier en plastique blanc projeté en tous sens dans le faisceau des phares que Nika se délecte le plus. Salomé découvre un côté vandale qu'elle ne lui connaissait pas mais auquel elle adhère joyeusement en reprenant son mime avec la chanteuse : « *Ce que tu dis, c'est si bon ! Et j'y suis ! Je peux te suivre ! Ta chanson me rend libre… »* Nika s'engage à présent sur la piste d'envol. L'espace libre lui permet une longue accélération, histoire, déclare-t-il, de libérer les chevaux et de passer enfin les cinq vitesses.
- Cent quarante ! Annonce-t-il triomphalement en bout de piste en réussissant un parfait tête-à-queue. Mais on doit pouvoir faire mieux !

Salomé applaudit en sautant d'excitation sur son siège. Immobilisée, la voiture révèle dans le faisceau des phares une longue ligne blanche qui se perd en pointillés dans la pénombre. Nika fait mine de parler dans un micro :
- Autorisation de décollage bien reçue ! La passagère est priée d'attacher sa ceinture et d'éteindre sa pipe ! Décollage imminent en direction de la Kanaky où nous atterrirons dès que possible. Bon vol et merci d'être venu !

Concentré sur la ligne blanche, il remet le sélecteur en position deux roues motrices et plaque la pédale d'accélérateur au plancher. La voiture s'élance à pleine puissance, visant dans le lointain Ouest les derniers flashs de l'orage.

La catastrophe est évitée de justesse. Nika ne s'est décidé à freiner que sur les derniers mètres de bitume et le 4X4 a fait une longue glissade dans la boue avant de partir dans une série de tête-à-queue incontrôlables. Il s'est immobilisé à quelques mètres seulement de la fin du terrassement de sécurité. Au-delà, avec ou sans aile, c'est le décollage obligatoire au-dessus de la rivière profondément encaissée dans vallée de Tahauku.

Mais peu importe, la petite aiguille fluorescente a flirté avec le 180.

Après quelques soubresauts spasmodiques et une série de hoquets ridicules, la voiture s'est arrêtée juste après l'embranchement pour Hanaiapa. Nika avait bien remarqué depuis un certain temps la petite pompe orange qui s'était allumée au tableau de bord et il avait jugé plus prudent de ne pas continuer vers Puamau, à deux bonnes heures de piste déserte d'ici. Il est cependant très déçu par l'autonomie de la réserve. C'est la première fois que son bijou révèle un point faible.

- Cette fois princesse, il va falloir continuer à pied !
Annonce-t-il tristement à Salomé qui commençait à somnoler.
Il est même plutôt fâché le gros Enoka. La marche n'est pas son fort, surtout de nuit et dans la boue. Il descend du véhicule et commence à passer sa colère sur la carrosserie à grands coups de talon. Salomé gesticule tant qu'elle peut pour essayer de lui faire comprendre qu'ils ne peuvent pas abandonner le 4X4 ici. C'est trop voyant et cela va mettre toute l'île sur leur piste avant même qu'ils aient une idée pour se cacher. Elle a raison et Nika ne met pas longtemps à trouver la solution. Il sort le sac de voyage, frappe une dernière fois son taxi de rêve et sans le moindre état d'âme, il desserre le frein à main. Le véhicule amorce doucement sa descente dans la pente. D'un petit coup de volant par la fenêtre, il oriente la trajectoire vers la gauche de la piste. En un instant, la voiture bascule dans le ravin et disparaît dans l'obscurité.

Ils se souviendront longtemps de cette longue série de bruits bizarres qui s'ensuivit. Un étrange mélange de tôle déchirée, de verre brisé, de grincements et de chocs sourds avec des craquements d'arbres et de brousse écrasée qui finirent après un sinistre raclement contre de la roche par une violente collision qui sembla irradier tout le ravin d'énergie cinétique. Ils restèrent là un long moment, à scruter le trou noir qui venait d'avaler leur carrosse, assez déçus de ne pas y voir monter la moindre boule de feu.

Qui peut prétendre que pour le métier de mouton, aucun loup jamais ne soupire ? S'il n'avait pas entraîné sa princesse dans une fuite en avant sans retour possible, Nika serait presque prêt à redevenir le docile mouton noir qu'il avait longtemps été. Il est fatigué. La petite heure de sommeil dans lequel il a sombré comme dans un coma l'a plus déprimé que reposé. Ils ont marché presque deux heures avant d'atteindre les abords du village et il leur a fallu encore beaucoup d'énergie pour couper à travers la brousse vers les contreforts de la falaise qui surplombe la baie, seule solution possible pour avoir la certitude de n'être vus de quiconque. Plus sereine, Salomé s'est laissée aller dans un profond sommeil bercé d'insouciance. Elle dort encore alors que les premières lueurs du jour commencent à révéler les contours de la baie et la Tête de Nègre, ce gros rocher arrondi qui émerge au large.

Nika pense à ses parents. Peuvent-ils le voir de là où ils sont ? Sont-ils fiers de lui ou bien débordent-ils de larmes et de reproches à voir ce qu'est devenu leur petit garçon ? C'est pourtant par respect pour eux qu'il fait tout cela, pour leur mémoire, pour leur dignité perdue un jour de novembre 1984. Avant de l'envoyer à Hiva Oa, chez sa fille aînée, le vieil Enoka lui avait souvent raconté la disparition de ses parents. Il lui avait promis qu'il serait bien là-bas chez sa tatie des Marquises et que personne ne lui ferait de mal. Nika n'avait pas encore six ans et ce n'était pas un âge pour se battre ni pour contredire son grand-père, petit chef de la tribu de Tendo de surcroît. A cette époque, la Nouvelle Calédonie était le théâtre de terribles affrontements entre indépendantistes et nationaux. Jean-Marie Tjibaou, l'homme de la révolte de la brousse agricole contre les gens de la ville et de la mine, venait de perdre l'un de ses plus fidèles lieutenants, Eloi Machoro, abattu par le GIGN à La Foa. Il ne savait pas encore que son engagement total avec le FLNKS allait également lui coûter la vie. Mais il était là le jour des funérailles de ses amis, les parents de Nika, tués ensemble dans leur voiture lors de la fusillade de Hienghène.

Nika sait à présent que sa place est là-bas, parmi les siens. Il ne lui reste qu'à trouver la solution pour s'y rendre mais la situation présente aurait plutôt tendance à le pousser à la reddition, un renoncement honorable, quitte à le méditer longuement derrière les barreaux d'une prison. Il est las d'être enfermé dans la citadelle des damnés, las de subir la tyrannie de ces comptables qui n'attendent qu'un chef pour marcher au pas, vérifiant sans relâche la somme des devoirs et celle des droits, las de cristalliser sur eux sa haine et son mépris. C'est la présence de Salomé endormie à ses côtés qui le retient. Il n'a pas le droit de lui faire ça. Il veut bien devenir ce que les hommes feront de lui, un voyou basané, un sale petit casseur, un drogué, un voleur récidiviste mais jamais, au grand jamais, il ne sera un traître. Plutôt mourir !

La lumière du jour se teinte des premiers pastels et avec elle se précisent les détails du paysage. Sur la gauche de la baie, un petit voilier se balance au rythme d'une houle molle qui vient mourir paisiblement sur les galets de la plage. Nika reconnaît le bateau de Lydéric, un copain de longue date, peut être même le seul français avec qui une amitié d'adulte soit possible. Des souvenirs délicieux lui reviennent aussitôt en mémoire. Le meilleur, celui qu'il n'oubliera jamais, c'est ce séjour qu'ils ont fait ensemble à l'île de Motane, à pêcher des tonnes de poissons et à chasser des moutons qu'ils faisaient griller dans les rochers, loin des hommes. Le navigateur solitaire, aussi insouciant que lui, avait été un véritable maître pour Nika. Il lui avait appris la navigation à la voile. Des moments de pur bonheur au royaume des dauphins et des poissons volants. Le cap, la dérive, les ris et le régulateur d'allure n'avaient plus de secret pour lui et le petit voilier, construit des propres mains du capitaine dans les brumes bretonnes des années 80, lui était aussi familier que sa propre maison, lorsqu'il en avait encore une. La petite embarcation n'était certes pas de première jeunesse. La rouille, les tarets et les cafards y faisaient plutôt bon ménage. Les voiles maintes fois recousues étaient fatiguées, le petit moteur avait rendu l'âme depuis bien des années et la maigre caisse de bord du capitaine ne permettait pas d'investir dans ce genre de dépenses réservées à une caste de plaisanciers de marinas dont il n'avait jamais fait partie. Mais la clémence des vents aux îles Marquises épargnées par les tempêtes et les multiples bricolages à base de fil de fer, de serre-câbles et de chambre à air avaient toujours permis au navigateur d'arriver à bon port, même si la durée des navigations étaient des plus aléatoires. Sa devise était simple et il la résumait ainsi : « *c'est la mer qui décide !* »

- Ça c'est un vrai signe de la chance ! Se dit Nika, subitement ragaillardi par sa découverte.
- Réveille-toi princesse ! Souffle-t-il doucement à l'oreille de Salomé en lui caressant les cheveux. J'ai trouvé un vrai lit où on va pouvoir dormir sans risque ! Allez debout ! Il faut faire vite si on ne veut pas se faire repérer !

Salomé s'étire comme une chatte et lui sourit. Elle ne cherche pas à en savoir plus. Elle a confiance puisque Nika est là et que l'aventure continue. Une seule chose la dérange, c'est l'état de son paréo déchiré et maculé de boue.
Elle rêve d'un paréo propre, c'est tout !

Ils se sont mis à l'eau discrètement derrière une pointe rocheuse et ils ont rejoint silencieusement le bateau à la nage. Un bain délicieux qui les a lavés de la fatigue et de la boue. Ils n'ont trouvé personne à bord et se sont glissés par l'entrée comme toujours grande ouverte.

Si le voilier est mouillé ici et que son capitaine est absent à cette heure matinale c'est qu'il est parti à la chasse avec ses amis marquisiens. C'est une certitude pour Nika. Il connaît mieux que quiconque les pratiques de Lydéric. Ils peuvent dormir tranquilles, il ne rentrera pas avant ce soir, peut-être même demain seulement.

Salomé s'est réveillée la première. Bercée comme un bébé par la houle, elle a dormi près de neuf heures d'affilée. Un sommeil d'où n'émerge aucun souvenir de rêve. Elle prépare du thé en suivant du regard, à travers les hublots du carré, la Land-Rover des gendarmes qui longe la cocoteraie au ralenti. Protégée par sa coquille de noix, elle n'éprouve pas la moindre crainte. Elle hésite un instant à secouer Nika qui ronfle bruyamment dans le lit breton mais elle se ravise, incertaine des réactions de son ami lorsqu'il se réveille mal. Elle est très calme. Deux possibilités se profilent logiquement dans ses pensées. Si la première est la bonne, son voyage va s'arrêter là, juste après le thé. Les gendarmes auront retrouvé l'épave du 4X4 et ne tarderont pas dans leurs investigations méthodiques à venir contrôler le voilier à la recherche du ou des individus certainement cachés dans les parages. Dans l'autre cas, celui où le véhicule est resté invisible, c'est très certainement ce dernier qu'ils continueront de chercher, probablement jusqu'à Puamau, seule et ultime destination possible pour le voleur.

La Land-Rover bleue roule jusqu'à l'extrémité de la piste et s'arrête sur le tronçon de quai qui sert de débarcadère. Une longue antenne délatrice se balance amplement sur le toit du véhicule. Un gendarme sort en tenue réglementaire. Il se penche au-dessus de l'eau, un geste qui remplit Salomé d'espoir. C'est la voiture qu'il cherche, elle en est certaine ! Il n'est pas là pour pêcher des crabes ou pour prendre un bain !

Elle n'attendra que quelques minutes pour en avoir la confirmation, lorsque la Land-Rover aura disparu dans la montée vers le col. Et c'est avec délice qu'elle allumera sa pipe pour accompagner le thé.

Jusqu'alors l'idée de lever l'ancre est restée totalement inconcevable dans l'esprit de Nika. Voler le bateau de son meilleur ami s'avère tellement abject qu'il repousse inconsciemment ce plan ignoble. Son projet est beaucoup plus affable. Il sait que Lydéric peut tout comprendre et tout accepter, il le lui a suffisamment prouvé. C'est même avec beaucoup de plaisir qu'il acceptera de les emmener à Nuku Hiva, c'est une certitude. De là, anonymes pour un temps, ils trouveront une idée, un plan ou, pourquoi pas, des billets d'avion pour Papeete. Mais la présence du capitaine, condition essentielle à cela, fait cruellement défaut. Lydéric est terriblement absent et s'il n'est pas de retour avant la nuit qui s'annonce déjà, il leur faudra attendre encore. Et ça c'est impossible. Nika sait bien que si l'épave du 4X4 a échappé aux recherches des gendarmes, elle ne restera pas longtemps cachée des chasseurs. Aucun cochon ne peut dévaster à ce point la brousse et aucun chasseur ne passerait là sans suivre ces traces étranges.
Rester caché ici une journée de plus serait de l'inconscience.

Alors, absorbé dans sa réflexion, Nika se met progressivement à penser différemment. Et si ce n'était pas un vol, une trahison ? Et si on parlait plutôt d'emprunt, de service à un ami en grand danger ? Il comprendrait, cela ne fait aucun doute ! Lydéric peut tout comprendre et tout accepter si c'est pour la bonne cause. Il est même capable de lui donner son bateau. Oui c'est sûr et certain, il peut faire ce sacrifice matériel pour éviter le pire à son ami ! Et puis cela fait tellement longtemps qu'il est ici, aux Marquises. Combien déjà ? Onze ans ? Douze ? Plus ? Il dit si souvent qu'il repartira bientôt. Il ne lui manque que cet argent qu'il touchera un jour prochain d'un héritage pour remettre son bateau en état. Alors il continuera son tour du monde, vers l'ouest.

Voilà, c'est ça, il va l'aider à se décider. Il va lui rendre ce service. Et dès qu'ils seront arrivés en Kanaky, il les rejoindra. C'est Nika qui lui payera le billet d'avion. Il récupérera son bateau, fier de son ami canaque à qui il aura tout appris de la navigation et il vivra comme un prince dans son pays. Nika veillera à ce qu'il ne manque jamais de rien, il en fait le serment. Il crache par terre !

Salomé est outrée. En voilà des façons de se comporter chez leur hôte! Mais elle a vu le visage de son ami s'éclairer d'un large sourire.
- On s'en va princesse ! Lui déclare-t-il triomphalement. On lève l'ancre dès que la nuit sera tombée. Je vais te faire découvrir les plus belles îles du monde. Lifou, Maré, Ouvéa, l'île des Pins, la Grande Terre ! Je t'emmène en Kanaky. Ça te dit une croisière de rêve vers le paradis ?

Le visage de Salomé s'éclaire comme celui d'une madone. Sans la moindre hésitation elle fait ce que font tous les Polynésiens pour dire oui : elle hausse brièvement les sourcils.

La nuit de la Toussaint

Elle s'est assise sous un pandanus pour mieux savourer l'éloge de la lumière que le crépuscule naissant offre au regard. Elle replie ses jambes sous son pareo, les enserre de ses maigres bras et pose son menton sur ses genoux, abandonnant pour un moment sur l'herbe desséchée son carnet et son crayon. En fronçant les yeux elle peut deviner, loin dans le sud, les contours diaphanes de l'île sœur qui retient pour la nuit, dans l'espoir d'un hypothétique grain, le seul nuage existant. Depuis bientôt quatre mois que la pluie n'a pas daigné arroser généreusement l'archipel, la Terre des Hommes se rétracte et se lézarde de fissures. Aux heures chaudes et surventées, elle s'envole même en tourbillons de poussières, comme dérobée par l'alizé qui la dépose partout où elle est indésirable ou, pire encore, la perd dans l'océan. Ici comme dans tout l'archipel, la sécheresse commence à montrer ses effets pervers. Les chevaux souffrent et descendent des plateaux pour boire. Les hommes qui cultivent la terre commencent à se disputer les captages des sources et les autres s'inquiètent d'entendre un peu plus longuement chaque jour le sifflement de l'air aspiré par des robinets rationnés. D'aucuns ont même vécu une nuit rarissime éclairée par un immense feu de brousse qui a dévoré la végétation desséchée jusqu'à la crête, chassant les chèvres dans les vallées voisines. Le phénomène « Ninã », car nul n'en doute plus, c'est bien de lui qu'il s'agit, est d'autant plus inquiétant que la saison sèche ne fait que commencer et qu'il faudra tenir encore trois ou quatre mois avant les orages de mars.

Elle n'a pas fait le moindre mouvement depuis plusieurs minutes. Passant avec délice de la méditation à l'observation quasi clinique des nuances de couleurs changeant dans l'instant avec la tombée du jour, elle semble totalement indifférente à la menace de pénurie pourvu qu'il restât quelques gouttes d'eau pour diluer ses pastilles d'aquarelle. D'ici, elle a une vue plongeante sur le cimetière qui gravit au fil des décès la pente escarpée et gagne sur la brousse en la marquant de croix blanches. Elle songe à cet entêtement de l'Homme à vouloir dominer la nature jusque dans la mort, feignant d'ignorer qu'il n'a pas la promesse de l'éternité. Aujourd'hui, premier novembre, c'est jour de Toussaint et les vivants qui s'activaient depuis plusieurs jours à donner au cimetière un air de fête solennelle commencent à affluer entre les tombes fraîchement repeintes. Elle observe les familles des défunts débarquant par petits groupes des 4X4 qui se serrent en colonne sinueuse le long de l'étroit chemin. Elle sent naître l'émotion de la fête liturgique qui se prépare et se laisse doucement imprégner de l'éclatant contraste entre ce petit cimetière du bout du monde et celui de ses chers disparus aux dalles de marbres sombres qui doivent ruisseler dans les brumes glacées de novembre. Ici, pas de lettres d'or calibrées, pas de hauts murs ni de grilles hérissées de pointes, pas d'imposants mausolées, de caveaux rongés aux lichens, pas d'allées de graviers blancs où glissent sous des parapluies noirs des ombres emmitouflées venues déposer leurs chrysanthèmes. Seule l'heure de la levée héliaque de Sirius semble commune à ces antipodes et elle peut à présent apercevoir à la limite du mauve et de l'indigo le scintillement bleuté de la première étoile du soir. Et puis l'alizé s'essouffle enfin. Elle s'imprègne encore un peu des couleurs de tous ces arbres fleuris qui couvrent les tombes, enchevêtrement d'hibiscus, de bougainvilliers, de frangipaniers, de tiare, d'ylang-ylang et même de papayers aux fruits lourds nourris de la terre des morts. L'aquarelle se précise dans sa tête et le cadrage se fixe avec évidence dans son regard. Elle ramasse son carnet et commence à esquisser quelques fuyantes, dispose les masses et trace déjà quelques tombes en essayant de contrôler une étrange sensation entre jouissance et inquiétude qui l'envahit avec force. Serait-ce un de ces faux pressentiments dont elle est coutumière ? Non, rien à

voir avec l'irrationnel, pas cette fois, même si elle a tant besoin des contes de fées et des fées pour les lui raconter. Elle se sent plutôt comme une créature féline à l'affût d'une esthétique de l'existence qui s'enhardit au royaume de Thanatos pour y peindre des pulsions qui la dépassent et ne sont pas les siennes. Une sensation très excitante et nouvelle pour elle.
Elle ne sait pas encore à quel point son tableau va lui échapper et marquer à jamais cette Toussaint tropicale dans sa mémoire.

      Le vent est complètement tombé et les palmes immobiles des cocotiers s'irisent de reflets violacés. Elle s'est levée et descend le sentier pour se mêler aux familles qui allument des bougies par centaines sur les tombes à présent recouvertes de fleurs en colliers, en bouquets et en gerbes éclatantes. Le cimetière est devenu un festival de couleurs, de lumières et d'odeurs mêlées, un véritable hymne à la vie. Dans le sable blanc lissé sur une tombe d'enfant, des bambins tracent de leurs doigts des dessins mystérieux. Une femme suspend à une croix une couronne de senteur aux relents d'ananas, de basilic et de santal pendant que des gamins collent dans la cire fondue des bougies allumées sur le rebord de la tombe. Ici, personne ne reste dans l'oubli et ce touriste mort d'avoir sous-estimé la puissance de la grande houle du sud qui l'a emporté lors d'une promenade inconsciente sur les rochers a droit, lui aussi, à son collier de fleurs. Là, devant la tombe du grand-père, une jeune femme enceinte annonce à une amie qu'elle accouchera avant la Noël et qu'il s'appellera Moana. Un peu plus bas, le curé de la paroisse précise à un petit groupe attentif que l'origine de cette fête n'est point le souvenir des morts mais la dédicace de l'ancien temple du Panthéon de Rome par le pape Boniface IV en l'an 607 suivant la pratique de l'Eglise des premiers siècles qui consistait à transformer en lieux chrétiens les lieux païens de culte : « *tous les croyants qui ont été les amis de Dieu sont à commémorer, même s'ils n'ont pas laissé leur nom*

dans une œuvre sortant de l'ordinaire car ils appartiennent à cette part de l'Eglise qui se trouve mystérieusement en communion avec le peuple actuel » explique-t-il sur un ton doctoral lorsqu'elle arrive à sa hauteur. Avec sa ceinture serrée trop haut sur son ventre de gastronome et ses lourdes lunettes d'écaille, il a dans le regard un éclat malicieux qui inspire la sympathie. Elle se surprend à répéter la dernière phrase, comme pour s'en imprégner : *« ils se trouvent mystérieusement en communion avec nous… »*
Cloué sur la grande croix qui domine la scène un Christ émacié reste impassible à l'essaim d'abeilles qui bourdonne sous son pagne.
Elle est presque arrivée au bas du cimetière et ses réflexions se font de plus en plus profondes. Elle sait que le corps humain est trop périssable, trop fragile et elle a la certitude qu'il lui faudra trouver un nouveau véhicule plus durable pour abriter sa conscience. Une conviction qui lui semble encore plus évidente ici que partout ailleurs. L'histoire des Marquises n'est-elle pas l'histoire tragique du pire ethnocide de tout le Pacifique avec sa population divisée par trente en quelques siècles après l'arrivée de Mendana. Elle imagine la population de France passant de soixante millions à deux millions d'âmes… Elle imagine tellement de choses ce soir !

Elle atteint le bas du cimetière au moment où les premiers *himene* s'élèvent dans la nuit à présent installée. Des voix claires répondent aussitôt de toutes parts en chants et contre-chants d'une douceur infinie. Le spectacle est d'une beauté saisissante. Tous ces visages éclairés, toutes ces couleurs, ces odeurs et ces mélodies dans cet endroit devenu magique s'impriment maintenant inconsciemment dans sa mémoire tant l'émotion est forte et sa gorge nouée. Sur sa droite, sous un frangipanier, les grosses pierres basaltiques de la tombe du peintre se couvrent, comme à l'accoutumée, de pétales jaunes et blancs. La statuette fétiche de l'artiste génial sourit mystérieusement dans la lueur d'une bougie. Tout près d'elle, sous un hibiscus fushia, une femme sans âge se recueille sur une tombe discrète, modestement bordée de quelques pierres disjointes. C'est celle du chanteur. Par respect, elle s'en écarte doucement. Comme tout un chacun, elle connaît cette femme qui vient depuis plus de vingt ans converser avec l'âme de son compagnon disparu et elle sait la tristesse inhabituelle qui l'accable aujourd'hui. Sur la grosse pierre dressée qu'aucune croix ne surmonte, deux grandes plaques de laiton ont remplacé depuis peu le double portait des amants réunis dans le bronze depuis les funérailles. Deux grandes plaques brillantes et légitimes prônant de force les droits du mariage et du sang. Deux grandes plaques justicières qui, après vingt ans d'amnésie, ont fait disparaître en catimini, et Dieu sait où, le symbole de leur amour interdit. Elle regarde encore un moment cette femme reniée qui murmure un amour qu'à l'évidence nulle force, serait-ce même celle d'une fondation, ne saurait éteindre et elle rentre chez elle, étourdie d'intensité.

Elle ne prend pas le temps de manger et s'assied tout de suite à sa table de travail. Elle doit peindre sans attendre. Rien d'autre n'a d'importance. Elle doit mettre d'urgence sur le papier tout ce qui doit être peint dans l'instant sous peine de le perdre à jamais comme on restitue par écrit un rêve dès le réveil avant que le conscient ne l'occulte. Elle replace avec soin les lignes et les silhouettes des personnages de son esquisse sur un Vélin horizontal. Puis elle étale avec une sûreté dont elle s'étonne à peine les couleurs qu'elle a dans la tête, par petites touches énergiques et précises, imprimant aux formes jusqu'à la durée qu'exigent la beauté et sa mémoire. Elle ne se souvient pas avoir jamais travaillé de cette façon, aussi vite, aussi sûrement. Elle est plus coutumière de la prise de recul et du mûrissement. Elle sent que l'étrange sensation qui ne l'a pas quittée depuis le cimetière y est pour quelque chose. Cette énergie débordante lui semble totalement extérieure. Elle a la certitude que c'est ce qui la guide dans sa création presque fébrile et l'oblige, contre la règle, à travailler en lumière artificielle, en extra lucidité.

Elle termine son tableau en un peu moins de deux heures et, véritable innovation pour elle, n'y fait pas la moindre retouche. Tout est là, parfaitement à sa place et conforme à ce qui devait être. Elle se recule une dernière fois, fronce légèrement les sourcils pour une dernière analyse et va s'allonger. Epuisée et parfaitement satisfaite, elle sombre dans un profond sommeil.

Son ami resté discret pendant la création de l'artiste est sidéré par l'étrange comportement de sa compagne et presque dubitatif devant la beauté et la richesse de la petite aquarelle. Comme il en a pris l'habitude avec toutes ses productions et dans un souci de conservation méticuleux, il fait une copie du tableau sur le scanner de son ordinateur et sauvegarde l'image numérisée avec un soin tout particulier. Et puisqu'il n'a pas sommeil et que la nuit lui est souvent propice à de longues errances informatiques, il commence à jouer avec les multiples possibilités du logiciel pour découvrir les moindres détails tracés par le pinceau. S'il est d'usage de prendre du recul pour admirer une œuvre picturale, c'est pour lui une véritable jouissance d'en agrandir des éléments, de les extraire du contexte pour en faire des tableaux à part entière, souvent abstraits et cubistes, presque toujours étrangers à l'œuvre mère.
Il ne sait pas encore qu'il entre ici en voyeur dans ce monde improbable si fortement pressentie par son amie.

« *Tu dors mon amour ?* »
La main qui secoue doucement son épaule la sort d'un sommeil paradoxal dans lequel elle tente de se replonger en se tournant sur le ventre.
« *Réveille-toi, c'est important, il faut que tu viennes voir çà !* »

C'est fini, elle l'a compris, elle ne pourra pas se rendormir.
« *Que je vienne voir quoi ? Non mais tu as vu l'heure ? Tu deviens vraiment cinglé avec ta concubine au pentium ! Il est deux heures et moi je suis en chair et en os et à deux heures, ma chair et mes os dorment ok ?* »
Pourtant elle ne tarde pas à se lever car il insiste encore et elle sait qu'il respecte trop son sommeil pour la réveiller inutilement au milieu de la nuit. Et puis elle a senti une telle excitation dans le ton de sa voix que la langueur de son corps s'efface déjà devant la curiosité.
Il s'est aussitôt ressoudé à son écran et sa main droite vibre fébrilement au rythme des cliquetis de la souris pendant que des formes colorées défilent dans les mosaïques mouvantes des cristaux liquides.
« *Regarde çà !* » dit-il, les yeux écarquillés et rougis de fatigue.
Elle se penche sur son épaule et reste un instant ébahie de stupéfaction. Elle reconnaît la portion de tableau qu'il a grossie à l'extrême. L'image est cadrée autour de la tombe du chanteur, c'est évident, mais elle y voit des personnages différents de ceux qu'elle a peints. Des anomalies se révélant moins dans les attitudes qui lui semblent respectées que dans les incroyables détails qu'elle sait ne pas avoir voulus ni même ébauchés la font presque tressaillir. Un violoniste, la tête penchée sur son instrument, joue dans une danse aérienne qui pourrait être tzigane. Un homme rougeoyant d'une carrure imposante se penche sur la tombe du chanteur et semble vouloir la soulever de terre dans la lueur des bougies pendant qu'au premier plan, une femme va s'enfuir en tendant désespérément la main vers la compagne du chanteur. Cette dernière est restée dans la même position de recueillement devant la tombe mais elle semble plus jeune et ses cheveux bien plus longs. Les autres personnages sont restés fidèles à l'aquarelle mais elle les sent tous complices d'une même cause dans une

parfaite syntonie qui donne à la scène une force aussi puissante qu'étrange.

Si elle avait été seule dans la maison à faire cette impensable découverte, elle est certaine qu'elle se serait remise au lit avec un puissant somnifère mais elle connaît trop le pragmatisme de son ami pour savoir qu'ils ne sont pas tous deux victimes d'hallucinations.

« Et ce n'est pas tout, regarde çà ! » lui dit-il complètement excité.

Il agrandit en plein écran le visage du colosse qui veut soulever la tombe. Elle reconnaît alors sans hésitation le visage du chanteur disparu. Il est trop connu de tous pour qu'elle puisse en douter.

« Mais c'est de la folie, je n'ai jamais mis le moindre trait de crayon sur un seul visage de mes personnages ! » s'exclame-t-elle d'un air hébété.

« Et alors ? Tu as déjà vu un violon et qui plus est un violoniste sur cette île ? » répond-il en faisant un nouvel agrandissement.

«En tout cas je sais qui en joue sur le tableau ! Regarde ! » ajoute-t-il fièrement.

Le visage émacié du peintre penché sur l'instrument apparaît sur l'écran et malgré la déformation des pixels exagérément grossis, elle peut reconnaître le maître tel qu'il était peu avant sa mort, tel qu'il se peignait dans ses autoportraits.

« Et je t'ai gardé le meilleur pour la fin ! » dit-il triomphant en agrandissant à 1600% la main de la femme qui s'enfuit. Elle voit alors apparaître le plus ahurissant des détails de ce qu'elle n'ose déjà plus appeler son aquarelle. La main tient un morceau de papier, à moins que ce ne soit du tissu, qu'elle tend manifestement à la compagne du chanteur. Quelques mots y apparaissent, écrits à l'envers. Elle penche la tête pour pouvoir les lire : *To oe hoho'a ena io Tamatoa*

Ils vivent ici depuis plusieurs années et sans vraiment parler la langue, ils connaissent suffisamment de mots et d'expressions

marquisiennes pour traduire le message : TON IMAGE EST PRES DE TAMATOA.
Il a déjà son idée sur la signification de la phrase et elle ne tarde pas à faire la même déduction. L'image c'est le portait. Ici, on disait du peintre qu'il était un faiseur d'images lorsqu'il peignait des portraits. Ils se regardent en complices, la même idée folle en tête. La sculpture de bronze mystérieusement disparue après être restée plus de vingt ans sur la tombe du chanteur serait chez ce Tamatoa.
Ils ne connaissent personne de ce nom et la fatigue commence à leur donner des vertiges. Il faut qu'ils dorment avant l'impitoyable réveil des coqs. Leur corps ne le réclame plus, il l'exige. Il sera temps demain d'avoir la certitude que tout cela n'est pas un rêve. Mais elle ne peut s'empêcher de souhaiter qu'il serait peut-être préférable que ç'en soit un.
Elle jette un regard suspicieux sur l'aquarelle et ressent à nouveau ce sentiment impérieux d'une création dépassant sa propre volonté. Elle s'étonne encore d'en être l'auteur sans pour autant en éprouver le moindre regret. Si c'était à refaire, elle recommencerait sans rien y changer. Pourtant, le petit tableau ne dévoile rien de ce que vient de lui faire découvrir la machine. Alors, sans plus avoir la force de chercher à comprendre, elle retourne se coucher.

Le soleil est déjà brûlant et le vent chaud s'est remis à déplacer la poussière lorsqu'ils remontent tous deux au cimetière, poussés par l'irrésistible besoin de savoir. Ils sont à peine surpris par ce qu'ils découvrent à leur arrivée sur la tombe du chanteur. La réalité s'impose plutôt comme un véritable soulagement. Ils n'ont pas perdu la raison durant cette nuit impensable. Le portait des amants est là. Il a repris sa place sur la pierre et les deux plaques jaunes ont disparu, ne laissant que quelques trous de chevilles comme stigmates de leur agression. Elle regarde comme pour la première fois le visage féminin posé sur l'épaule du chanteur. Elle se sent légère et sereine, presque complice. Le jardinier qui nettoie le cimetière déserté vient à leur rencontre pour les saluer. Il leur explique avec fierté qu'il a retrouvé la sculpture tôt ce matin derrière la tombe blanche qui est là-haut, près du pistachier. Il a tout de suite prévenu la compagne du chanteur avant qu'elle ne quittât l'île. Il l'a même aidée à redonner à la tombe ce que le chanteur lui-même aurait à l'évidence souhaité.

Alors, laissant là son ami converser avec le jardinier, elle gravit la pente jusqu'au pistachier, certaine de ce qu'elle va découvrir. La tombe ombragée par le gros arbre est la plus proche du pandanus sous lequel elle méditait hier soir. Elle soulève le collier de fleurs déjà desséchées qui cache les inscriptions sur la croix blanche et elle lit, gravé dans la pierre :
TAMATOA TEVAIAANUI 1903 – 1978.

TAHUATA

Makiu se mit à courir. Il était censé monter tranquillement jusqu'à la crête et prendre tout son temps pour descendre jusqu'au fond de l'étroite vallée où le chef s'était retiré depuis les évènements mais ce qu'il venait de voir changeait tout. Il hésita même à jeter le sac de poissons qui ralentissait sa course mais s'il se trompait cela pouvait lui coûter cher, peut-être même la vie. Il continua donc avec son précieux fardeau. La tribu était tolérante et se montrait souvent indulgente avec les indisciplinés mais lorsqu'il s'agissait du chef, Makiu le savait mieux que quiconque, la clémence n'était jamais de mise.

Il aurait été vraiment pitoyable d'être sacrifié pour avoir failli à sa mission, surtout pour un guerrier comme lui, resté fidèle même aux heures les plus sombres de la tribu.

Il s'arrêta un instant là où le sentier quitte la crête barrée par la falaise pour redescendre vers le fond de vallée. D'ici il avait une vue d'ensemble du détroit qui sépare Tahuata de Hiva Oa, l'île sœur déjà voilée nuages. Non, il n'y avait pas de doute, le bateau qui approchait, toutes voiles dehors, n'était pas un chasseur de baleines. Il avait appris à reconnaître ces navires américains de plus en plus nombreux dans les eaux marquisiennes et celui-ci, avec son mât de misaine légèrement plus petit que le grand mât avait tout d'une goélette française. Le navire roulait pesamment d'un bord sur l'autre, poussé par un fort alizé d'Est et une longue houle qui s'amplifiait entre les deux îles. Il ne tarderait pas à s'engager dans le détroit. Makiu attendit encore avant d'entamer la descente. Il voulait être sûr de ce qu'il allait annoncer à son chef. Lorsque le bateau serait au niveau de la pointe de Motopu, il pourrait le voir par le travers et reconnaître les couleurs du pavillon à la poupe.

Il savait déjà mais il souhaitait tant se tromper.

Au même moment, le lieutenant Jean-François Vignebelle relisait la lettre de sa sœur. Il l'avait lue et relue de nombreuses fois depuis le départ de Valparaiso, il y avait un peu plus de vingt sept jours. Il savait que les activités terrestres allaient bientôt lui prendre tout son temps et il profitait des derniers instants de la quiétude du grand large pour s'imprégner encore une fois de son lointain cocon familial.

La Rochelle, le 14 janvier 1853
Mon très cher frère,
Je ne sais pas quand tu recevras cette lettre ni même si elle te parviendra un jour mais t'écrire me donne l'espoir de te savoir en vie quelque part sur des mers lointaines. J'ai confié ce courrier au capitaine Vianney le jour de l'appareillage du Vigilant pour Saint Domingue. Il avait à son bord trois missionnaires devant embarquer sur La Marie-Sophie pour rejoindre leur mission aux îles Marquises.
Je suppose qu'ils sont désormais à bord et qu'ils t'ont remis cette lettre. Je pense que tu es au courant des évènements qui bouleversent à nouveau le pays. Notre père serait bien triste de voir ce qu'ils ont fait de sa révolution. Il faut pourtant bien admettre aujourd'hui qu'il est mort pour rien. La République n'était qu'un mensonge, le suffrage universel une supercherie réservée aux seuls hommes, l'abolition de l'esclavage une redite hypocrite et le droit au travail une nouvelle forme d'esclavage. Quant à la liberté de la presse, c'est en prison que ses défenseurs en débattent aujourd'hui. Même Victor Hugo a dû s'exiler. Le vieux Martin qui l'a suivi à Jersey m'a envoyé quelques lignes de son Ultima Verba où il compare Napoléon III au tyran romain Sylla : « Ils ne sont plus que cent, je brave encore Sylla. S'il en demeure dix, je serai le dixième. Et s'il n'en reste qu'un, je serai celui-là. »

Mon pauvre petit frère, il faut se faire une raison, la République est déjà morte. Alexandre Dumas s'est exilé en Belgique, Georges Sand ne sort plus de Nohant et Mérimé a profité de ses privilèges auprès de l'impératrice pour se faire élire sénateur. Quant au baron Hausmann, il a enfin trouvé un commanditaire pour faire, dit-il, de Paris la plus belle ville du monde.
Je ne sais pas comment tes supérieurs t'ont présenté la chose mais tu dois savoir que tu navigues aujourd'hui pour le compte du Second Empire dont Napoléon III a clairement défini les piliers : l'armée, l'église et l'argent.
Nous avons tous ici le terrible pressentiment que cela va durer très longtemps.
Il paraît même, et ceci te concerne directement, que la France vient de prendre possession de La Nouvelle Calédonie. Y aurait-il là-bas quelques nouvelles richesses à exploiter ? Je sais bien que tu ne t'es pas embarqué pour ce genre de considérations mercantiles et guerrières mais je ne peux m'empêcher de penser que notre regretté père t'aurait désapprouvé. N'y a-t-il d'autres moyens de vivre l'aventure qu'au service d'un tyran ?
...

Jean-François Vignebelle dut interrompre sa lecture. Le capitaine venait de faire appeler tout l'équipage sur le pont pour les manœuvres d'affalement des voiles. Cette fois il fallait y aller. La grande traversée du Pacifique, peut-être la principale raison de sa présence sur ce bateau, son rêve le plus tenace depuis l'époque où son père l'emmenait flâner sur les quais de La Rochelle et qu'il regardait avec ses yeux d'enfant les majestueuses goélettes en partance pour le nouveau monde, cette longue errance entre ciel et océan prenait fin. L'approche de ces îles mystérieuses faisait de son rêve une réalité. Il en venait presque à le regretter. Un rêve vécu n'est plus rien d'autre qu'un souvenir et il allait devoir le remplacer pour continuer sa route car il était encore trop jeune pour se contenter de souvenirs.

En se levant, il chassa de sa tête toutes ces pensées nébuleuses, glissa les feuillets de sa sœur sous un livre et monta sur le pont.

Makiu était déconcerté par l'attitude de son chef. Tiu l'avait écouté sans broncher, le regard fixé sur les poissons qui, seuls, semblaient être dignes d'intérêt. Son gros ventre était-t-il devenu son unique préoccupation ? Avait-il atteint cet âge où la chevelure blanchie n'est plus source de force ? Il était assis là, nu sur une natte de tapa. Son corps de bronze entièrement bleui de tatouages, déformé par l'excès de nourriture et ramolli par l'inactivité n'avait plus rien de la stature du guerrier qui avait osé affronter jadis le puissant ennemi. Makiu avait fini par s'habituer à la triste déchéance physique de son chef. C'était dans son regard qu'il puisait désormais la force, la dignité et la fierté de la tribu. Mais aujourd'hui l'œil de Tiu était semblable à celui de ce thon qui luisait au soleil. Un œil rond, fixe, comme halluciné par un grand malheur et qui ne tarderait pas à devenir vitreux si aucun projet ne venait plus y faire briller le moindre éclat.
Assis devant lui, Makiu attendait des paroles, des ordres, des consignes, des conseils, n'importe quoi pourvu qu'il puisse redescendre au village avec un objectif, un plan, une attitude à prendre face à cette nouvelle vague d'envahisseurs. Et les femmes ? Que devraient faire les femmes ? Les autorisait-il de nouveau à donner leurs corps aux français en échange des richesses contenues dans les cales du navire ? Les étoffes, les habits, les boutons, le verre, les piastres, le tabac, les munitions, les parapluies et les médailles étaient-elles toujours des acquisitions importantes pour la tribu ?
Et les missionnaires ? Il fallait s'attendre à un nouvel arrivage. Le vieux Père s'était fait promettre des moyens et des nouvelles recrues. Fallait-il les accepter ou, comme cela avait été fait avec les Frères en robes noires, les terroriser jusqu'à ce qu'ils remontent sur le premier bateau ?

Makiu attendit ainsi un long moment, cherchant à pénétrer les pensées de Tiu sans oser poser la moindre question. Lorsqu'enfin le chef se décida à ouvrir la bouche, ce fut pour y planter un cigare. Un de ces gros cigares antillais qu'un officier de La Marie-Caroline avait offerts à sa fille aînée en échange de ses faveurs.
Makiu attendit encore, cherchant désespérément à deviner les pensées de Tiu mais en vain. Lorsque le soleil commença à se rapprocher de l'horizon, la mort dans l'âme, il se décida à partir.
Il promît à Tiu de revenir dès qu'il en saurait plus. Il apporterait encore du poisson et aussi du poulpe.
Mais le chef ne réagit pas plus qu'il ne dit mot. Son regard vague se perdait dans les volutes de fumée de son cigare. Le seul son qui sortit de sa bouche fut celui d'une toux rauque et grasse qu'il tenta en vain de stopper en se frappant la poitrine.
Makiu se mit à courir pour arriver avant la nuit. Il était sous la double emprise de la colère et de la tristesse sans pouvoir pleurer ni soulever quelque rocher pour le précipiter sur ce bateau qui longeait silencieusement son île. Une seule chose pouvait le soulager, courir !

Le lieutenant Vignebelle embrassa encore une fois la belle Hina avant de la laisser partir avec son cadeau, un petit sac de poudre à fusil qu'elle serrait contre elle comme un trésor. Une vétille pour lui vu le nombre de barils contenus dans la soute aux poudres. Il aurait préféré qu'elle acceptât un bijou, une étoffe ou l'une de ces petites lampes à huile qui la fascinaient tant, ou encore quelques piastres, comme toutes les autres femmes qui allaient et venaient sur la Marie-Sophie depuis qu'elle était ancrée dans la baie de Vaitahu. Mais Hina n'était pas comme les autres et Jean-François Vignebellle se comportait différemment avec elle.
Il attendit que sa pirogue eût disparu dans la nuit pour s'installer à sa table de travail où il commença une lettre à sa sœur.

Tahuata, îles Marquises, le 3 mai 1853
Ma petite sœur adorée,
J'ai lu et relu avec passion et intérêt ta longue lettre que m'a remise en main propre Alexandre Vianney dès l'arrivée du Vigilant à Saint Domingue. J'espère que tu vas bien et que tu as reçu mon courrier de Valparaiso. Me voici donc aux îles Marquises au beau milieu de l'océan Pacifique et si je prends la plume pour te donner de mes nouvelles, je vais avoir du mal à te décrire ce nouveau monde dans lequel je suis entré depuis maintenant douze jours tant les mots et le style vont me manquer pour exprimer ce que je vois, ce que je vis et ce que je ressens ici...

Il fût réveillé bien avant l'aube par le capitaine. Il s'était endormi sur la lettre inachevée et les coups frappés à sa porte le firent sursauter. En se renversant, l'encrier inonda la lettre, la table et son pantalon blanc d'un beau bleu de cobalt riche en cyanure de fer.

Le capitaine était un homme nerveux de nature qui se faisait fort, pour la sécurité du navire et de son équipage, de redoubler de prudence. Jean-François Vignebelle avait jusqu'alors apprécié cette sagesse nécessaire à la réussite de toute navigation mais depuis que la Marie-Sophie avait quitté Valparaiso et à mesure que la goélette s'était éloignée du continent, il avait constaté un changement dans le comportement du seul maître à bord après Dieu. Aujourd'hui il en était arrivé à regretter d'être le second de cet homme, certes un bon marin, mais en rien un aventurier humaniste animé par l'esprit de découverte et la volonté d'apporter les lumières occidentales aux sauvages des nouveaux mondes. Son objectif était précis et consistait à contribuer à l'appui logistique de la marine et des missions françaises. Il n'en dérogerait pas ! Il régnait désormais à bord une atmosphère pesante où la suspicion et la méfiance s'étaient érigées en principe. Le lieutenant Vignebelle en avait conclu que l'immensité du Pacifique et les incertitudes de

leur lointaine mission avaient fini par dévoiler l'être qui se cachait derrière les gallons de capitaine. Un homme craintif et incertain dont les véritables motivations semblaient de plus en plus bornées par l'obéissance militaire.
Face à l'impatience et la nervosité du capitaine, Jean-François Vignebelle ne prit pas le temps de changer de pantalon.
La nuit sans lune était constellée d'étoiles et la baie protégée de la houle les reflétait comme un miroir d'obsidienne. Des hommes s'agitaient sur la plage à la lueur de flambeaux et plusieurs pirogues allaient et venaient non loin de la Marie-Sophie. Ces mouvements obscurs inquiétaient beaucoup le capitaine qui avait fini par réveiller son second, une fois de plus.
- Ces gens vont à la pêche mon capitaine, il n'y a pas lieu de s'inquiéter ! Déclara Jean-François Vignebelle d'un ton rassurant.
- Je ne suis pas inquiet lieutenant Vignebelle, je suis prudent ! Ces sauvages ne m'inspirent aucune confiance et je n'aime pas voir leurs pirogues rôder autour du navire ! Surveillez-les attentivement et n'hésitez pas à tirer quelques coups de feu en l'air s'ils s'approchent ! Je vais essayer de dormir !
Jean-François Vignebelle, à présent bien réveillé, s'accouda au bastingage pour profiter du spectacle nocturne de ce balai de flambeaux…l'air tropical était doux et une légère brise de terre apportait des effluves d'herbes et de fleurs inconnues. De là il ne pouvait pas voir la pirogue de Makiu qui s'éloignait des pêcheurs en direction du large. Le lieutenant Vignebelle se voulait idéaliste et ne s'en cachait pas. Il ne se sentait pas pour autant un rêveur et savait se montrer d'un grand pragmatisme lorsque c'était nécessaire. Mais en aucune manière il ne se considérait comme un naïf.

Makiu pagayait fermement. Sa pirogue à balancier était légère et rapide et avec cette mer calme il atteindrait la côte de Hiva Oa bien avant l'aube. Il était plus excité que jamais et ses puissants

coups de rame de chaque côté de la pirogue parvenaient à peine à calmer son agitation intérieure. Ses pensées affluaient en masse dans sa tête et il souriait, seul dans la nuit, en pensant à Hina, sa meilleure alliée. Sa sœur était une reine de guerre. Elle venait de réussir sa plus belle opération depuis qu'elle collaborait à son projet. Peu lui importait ce qu'elle ait dû faire pour y parvenir, seul le résultat comptait. Il avait pris l'habitude qu'elle lui rapportât la poudre par petits sacs, au gré de ses visites nocturnes sur les navires ennemis mais il était loin de s'attendre à un tonneau totalement rempli et encore scellé. Comment avait-elle réussi cet exploit ? Par qui s'était-elle fait aider pour jeter le fût à la mer ? Makiu n'avait pas les réponses et il s'en passerait. Pour l'heure, son objectif était simple et essentiel. Il lui fallait mettre le tonneau à l'abri dans la cache.
Enclavée par deux hautes arrêtes rocheuses et la grande cascade qui tombait du Temetiu sur plusieurs centaines de mètres, la grotte d'Hanauaua n'était accessible que par la mer, à condition qu'elle fût calme.
Makiu l'atteignit bien avant la disparition de la dernière étoile et il y enfouit soigneusement le tonneau sous les galets du fond de la grotte avec les deux autres sacs de poudre patiemment remplis au fil des jours par les bons soins de Hina.
Tiu pouvait bien continuer à se perdre dans la fumée de ses cigares, il n'y entraînerait pas son peuple. Makiu en faisait désormais sa mission.
Il reprit la mer vers son île qui commençait à se dessiner dans l'aube et pêcha suffisamment de poissons pour n'être pas suspecté.
Lorsqu'il aborda sur la plage de Vaitahu sa pensée était claire. Rythmée par les coups de rame, elle lui avait permis d'élaborer un plan d'action dont rien n'avait été laissé au hasard. Il avait désormais assez de poudre pour le mener à bien et surtout pour agir seul, ce qui était la meilleure garantie de réussite. Son dévouement total à Tiu lui dictait pourtant une dernière tentative

de lui exposer son projet. Mais, il s'en fit la promesse, ce serait la dernière fois !

Ce qu'il vit lorsqu'il arriva à la demeure du chef le déconcerta tant qu'il renonça à son discours guerrier.

Tiu était vautré près d'un feu. Il était ivre et n'eût pas même un regard pour Makiu. Il avait sorti tout un fatras d'objets de sa case, peut-être même l'avait-il entièrement vidée, et il les jetait méthodiquement un à un dans les flammes en marmonnant entre ses dents. Makiu reconnut le fusil anglais offert par son vieil ami Sir John il y avait déjà bien longtemps et dont la crosse finissait de se calciner. Il regarda un moment avec une grande tristesse son chef jeter pêle-mêle dans le brasier des longues chevelures noires ornées de coquillages, une haute coiffure en plumes de phaëton, une parure de cérémonie composée de dents de cochon, de cachalot et d'ongles humains, plusieurs touffes de barbes grises, un petit crâne rempli de graines rouges qui le transformèrent en lampion en s'enflammant. Il resta prostré un long moment, profondément troublé par ce spectacle déconcertant. Il se décida finalement à partir lorsqu'il vit son chef brûler son plastron de tapa et de nacres après avoir recracher dessus une grande rasade de rhum.

Il savait qu'il ne reviendrait plus ici.

Et il se remit à courir.

Jean-François Vignebelle était rassasié. Il avait mangé plus qu'il ne fallait de cochon de popoi, de bananes et de poisson cru et il continuait à boire le kava que lui réservait régulièrement Hina dans une demie noix de coco. Il se sentait merveilleusement bien. Rien à voir avec l'ivresse que procure le rhum ou le vin. Aucune envie de se laisser sombrer dans le sommeil. Aucun besoin de parler, de rire ou de chanter. Non, il était simplement bien dans son corps et ses pensées étaient douces et claires. L'idée de se savoir près d'Hina, seul avec elle dans sa case, le comblait de bonheur et il sentait monter en lui une vibration qui ressemblait fort à l'Amour. Le sourire de la jeune femme en faisait déjà une certitude.

Un peu plus loin, dans le village, la fête battait son plein au son des pahu et des chants qui résonnait dans la montagne.

Le capitaine s'était souvent demandé pourquoi le chef tardait tant à organiser la cérémonie de bienvenue aux nouveaux arrivants. Il attendait impatiemment cette garantie d'intentions pacifiques des sauvages à leur égard et ce retard anormal avait fait grandir de jour en jour son inquiétude et sa nervosité. On lui avait fait savoir que le chef était malade et qu'il souhaitait attendre des jours meilleurs pour se montrer digne de la cérémonie. Il avait finalement fait dire par Makiu, son homme de confiance, qu'il se sentait mieux et que la fête aurait lieu ce soir. Mais Tiu n'était pas encore apparu malgré l'heure avancée et cela aussi inquiétait beaucoup le capitaine qui commençait à chercher du regard le lieutenant Vignebelle pour donner l'ordre de réintégration générale de tout l'équipage à bord de la Marie-Sophie. Il était hors de question qu'un seul de ses hommes passe la nuit à terre et il se félicitait d'avoir pris la précaution de garder une vingtaine de sentinelles armées pour convaincre les plus ivres.

Lorsqu'il entendit sonner le rassemblement, Jean-François Vignebelle voulut se lever pour prendre congé de sa belle. Habituée à l'inconditionnel respect que vouaient les étrangers à la discipline, elle ne chercha pas à le retenir. Elle savait trop bien que son charme, aussi envoûtant fût-il, n'y suffirait pas. Le regard complice, elle se contenta de lui verser une dernière rasade de kava en souriant. Il en but une longue gorgée avant de porter la noix de coco aux lèvres de la jeune femme. Hina hésita un instant. Avec la décoction d'herbes et de racines pilées qu'elle venait d'y ajouter, elle savait qu'elle allait très vite sombrer dans un sommeil profond. Mais au point où en étaient les choses, c'était finalement

ce qu'elle avait de mieux à faire et elle termina la boisson d'un trait.
Jean-François Vignebelle ne lutta que quelques secondes avant de s'affaler sur le lit de sable recouvert de fougères. Rassurée, Hina eut encore l'énergie de venir se blottir contre cet étranger si différent des autres. Elle sombra en souriant de plaisir.
S'il avait été encore conscient, il aurait pensé qu'elle lui jouait là un bien mauvais tour.
Mais il ronflait déjà bruyamment.

Makiu avait pris du retard. Une houle d'est s'était levée en début de nuit et il avait eu beaucoup de difficultés à hisser la cargaison dans sa pirogue. Il avait dû la traîner dans les galets à l'autre bout de la plage d'Hanauaua, là où la pointe rocheuse protégeait le rivage des rouleaux. Il ne fallait surtout pas mouiller son précieux chargement !
Il lutta plus de deux heures pour ne pas se laisser dériver par les vagues en priant les dieux pour qu'elles ne se mirent pas à déferler. Lorsqu'il arriva au large de la baie de Vaitahu, il était trop tard pour profiter de la diversion occasionnée par la fête. L'équipage avait regagné le bord de la Marie-Sophie et il ne pouvait plus compter que sur une grande fatigue générale pour s'approcher du navire sans être repéré.
Il resta là un bon moment à observer les mouvements et les lumières à bord du bateau. Il pensa un instant à renoncer. Non pas qu'il doutât ou que sa détermination se mit à faiblir mais surtout parce qu'il n'avait pas envisagé un massacre. Son objectif avait toujours été un sabotage. Donner une leçon à ces envahisseurs tellement sûrs de leur supériorité, de leur dieu unique, de leur pensée, de leur bon droit, de leur justice et de leurs mœurs si souvent répugnantes. Non vraiment, il ne souhaitait la mort de personne. Il voulait juste s'attaquer à leur arrogante suprématie matérielle, à ces grandes pirogues capables de les amener jusqu'ici

depuis les autres mondes, à leurs cargaisons de produits inutiles qu'il pressentait comme un grand danger pour l'équilibre des siens. Il rêvait de voir cette poignée d'orgueilleux nus sur la plage implorant la pitié et le pardon aux pieds de Tiu. Il voulait voir cette forteresse de bois disparaître en fumée. Il voulait voir son peuple se réveiller pendant qu'il était encore temps. Mais ce qu'il voulait par-dessus tout, c'est que Tiu retrouve sa dignité.

Le capitaine ne dormait pas. Il était furieux contre son lieutenant et lui réservait une punition exemplaire pour désertion. Il déversait sa colère sur les rares hommes de garde qui luttaient contre le sommeil. Ne comptant plus que sur lui-même pour assurer une vigilance efficace, il tentait de calmer son angoisse grandissante en scrutant sans relâche les flots obscurs autour du navire. Vignebelle finirait bien par rentrer. Il était impensable qu'un lieutenant désobéisse au point de passer la nuit à terre. Il ne pouvait même pas imaginer qu'il ait pu lui arriver quelque chose. Il refusait cette éventualité qui n'aurait fait qu'accentuer le pressentiment qui le taraudait depuis qu'il cherchait une explication à l'absence de Tiu.

Makiu se décida. Il vérifia une dernière fois le bon état de son chargement, s'assurant que tout était resté sec sous la toile de protection. Il alluma la lampe à huile dissimulée au fond de sa *pirogue* et il se remit à pagayer silencieusement. Les conditions étaient idéales. La nuit sans lune était noire et la brise de terre qui s'accélérait dans le couloir de la vallée orientait l'étrave de la Marie-Sophie vers le rivage. Ainsi il n'aurait pas à faire un large détour pour venir l'aborder par l'arrière et il pourrait plus facilement profiter de l'obscurité du large pour rejoindre la pointe rocheuse de l'entrée de la baie à la nage..
Il commençait à distinguer les formes arrondies du château arrière où une faible lueur orangée éclairait l'une des larges fenêtres.

Le capitaine avait une excellente vision nocturne et il en tirait une grande fierté. Ce côté nyctalope lui avait valu le surnom de « hibou » auprès de ses supérieurs. Cette faculté lui permit cette nuit-là de distinguer la pirogue de Makiu par l'arrière bien avant les hommes de quart qui, à vrai dire, ne scrutaient plus grand-chose depuis bien longtemps.
- *C'est vous Vignebelle ? Vous voilà enfin !* hurla le capitaine en direction de la pirogue.
L'absence de réponse augmenta encore son angoisse. Il appela les gardes et hurla de nouveau.
- *Lieutenant Vignebelle répondez, c'est un ordre !*
La pirogue n'était plus à présent qu'à quelques encablures du vaisseau et continuait d'approcher à vive allure sans la moindre réponse.
Le capitaine, en proie à une excitation nerveuse extrême, ne comprenait pas pourquoi son lieutenant, qui n'avait jamais manifesté le moindre intérêt pour la pêche, arrivait du large. Il comprît que ce n'était pas lui lorsque l'embarcation se dessina nettement dans le halo de lumière généré par les torches des gardes.
- *Halte ! Qui va là ? Stoppez immédiatement où j'ouvre le feu !* hurla-t-il d'une voix éraillée.
Il ne prit pas le temps d'une dernière sommation car la pirogue allait s'engager sous la voûte du navire et s'y mettre à couvert.
Il ordonna à ses hommes de tirer à volonté.

Makiu ne reçut qu'une seule balle qui lui arracha un hurlement de douleur en lui traversant la cuisse avant de se retrouver à l'abri du flanc du navire. Conformément aux renseignements de Hina, il compta les cinq longueurs de pirogue pour être à la verticale de la soute aux poudres. Il eût encore la force de se redresser malgré la douleur qui lui brûlait la jambe et il alluma la mèche avec la lampe à huile.

La déflagration fit voler le bordé en éclats et la colonne de feu qui s'engouffra dans la brèche déclencha un grondement de tonnerre qui réveilla jusqu'à Tiu dans sa léthargie et illumina le ciel de Vaitahu d'une lueur orangée comme celle d'un soleil couchant par temps d'orage.

Yann FOUN

Hiva Oa   Iles MARQUISES